木箱の中は

加納 劼
Kanō Tsutomu

風詠社

目次

装幀　2DAY

木箱の中は

中峯純二、鬼塚鴇一郎を知る

広いホテルのすぐ近くにある球場では選抜高等学校野球大会の熱戦が繰り広げられている。このホテルの喫茶ラウンジ「ル・バード」では、そのような現実とは異質な出来事が始まろうとしている。

中峯純二《なかみねじゅんじ》は数か月前にこの喫茶ラウンジで鬼塚鴇一郎《おにづかときいちろう》という七十歳に近い男性に声を掛けられた。純二は広いラウンジの一番奥にあるガラス壁のすぐ傍の席に座っていた。いつものようにランチを楽しんだ後に好物のホット珈琲に舌鼓を打ちながら、仕事に思いを馳せていた。勤務する文学博物館の展示物を説明する解説書の文案を、ノートパソコンに入力していた。

「生活を楽しんでるの」と、鬼塚と名乗る男が中峯に尋ねた。中峯は予期しない内容の問い掛けに戸惑いながらも言葉を返した。

「ええ、まあ」

鬼塚は中峯が誰に対しても表す柔和で穏やかな表情に安心したのだろうか、親しげに言葉を続けた。それは中峯が興味を感じることだった。六十九歳になる鬼塚にはもう未来がなく、過去に知り合えた人物を懐かしんだり憤慨したりして、時を過ごしているとのことだった。

鬼塚が発する言葉や表情などから、中峯は何か堅い仕事についていたのだろう、と想像した。言葉の中に結構、難しい語句が含まれる。表情が直線的であり、飾ったような思わせ振りがない。それ等から判断すると鬼塚は決して商売や会社勤めではなかっただろう、と想像した。

鬼塚は年齢のためか、未来に望みを見付けない。過ぎ去った昔に出会った人と自分との関係を何度も思い出す。そのような人々について懇意にしている僧の能力を借りて、魂や姿を眼前に蘇らせることが出来る、と言う。

初めて会った時から数か月が経った今日、中峯は約束通り、春の選抜高等学校野球大会が行われている球場のすぐ傍にある大きなホテルへ足を運んだ。

鬼塚は檜《ひのき》の木箱をテーブルの上に置いた。檜の香りが周囲に漂った。高さが二十五センチ位で蓋が縦横八センチ位の正方形をした直方体の箱に見える。蓋を外して直方体の一辺を下から上へと動かして外した。

不思議な女の子

「ほらほら、これが私と同い歳の娘さんで十歳の頃の姿だよ、見えるだろ」と、鬼塚は目を細めた。中峯は木箱の中を見詰めたが、何も見えない。首を傾《かし》げて鬼塚を見上げた。

「この人、本当に大丈夫なのか」と、中峯は心の中で自問した。鬼塚はじっと眼を細めている。その目付きから愛《いと》おしくて懐かしい女の子が見えるらしい。中峯は黙ったまま鬼塚の仕草に注意して言葉に耳を傾けた。

おかっぱ（前髪を眉の上、後ろ髪は襟元で切りそろえた髪型）の髪型をしているものの、髪が大層、多いので、身体と比べて頭が異様に大きく見える。二重瞼の目もかわいくて大きい。小学校四年生の時に同じ組になって親しくなった。彼女と親しくなったことが、六年間の小学校生活の中で最も思い出深い、とのことだった。

「十月の秋日和《あきびより》の土曜日のことだった……」と、鬼塚は中峯の方へ向けた木箱の背を手で撫でた。

昭和三十二年（一九五七年）。その頃、鴇一郎が通う小学校の組では五円玉（穴は空いていない）や十円玉を輝かせることが流行《はや》った。幾つかの物質を使って擦《こす》り、汚れを取り除いて光り輝かせるのである。硬貨を美しく輝かせることが出来た者は、皆の注目を浴びて人気者に成れたのである。鴇一郎は組の人気者に成ることには興味はなかったが、小遣銭《こづかい》を光り輝かせてポケットの中に入れておきたかった。自分の小遣銭が光り輝くことは美しい。仮に軽石《かるいし》で硬貨を擦ると金属は輝きを増す。だが、軽石は硬過ぎて硬貨の模様を削り取ったり、傷付けてしまって金属が美しく見えない。

鴇一郎は同じ組の友達と最も綺麗に輝かせる物は何だろう、どのようにすれば手に入れられるのか、について情報交換した。すると、ある男子が鴇一郎に輝くばかりの黄金の五円玉と、明るい小豆色《あずきいろ》の十円玉を見せた。鴇一郎はそのような輝きをもたらせた物が何であるのか知りたくなった。

「岩代《いわしろ》みどりに貰《もろ》うたんよ。緑色のぶよぶよしたものや。粘土に似とった。もう使《つこ》うてしもうて無《の》うなった」と、男子生徒は言った。興味を持った鴇一郎は休み時間に岩代にその物体のことを尋ねた。

「私《うち》、それがある所《とこ》、知ってんで。塀《へい》をよじ登って取ってん」と、二重瞼の大きな眼を輝かせた。

「今度の土曜日、連れてってあげよか」と、みどりは親切だった。緑色で硬貨などの金属のぬめりや汚れを取り除いて、その金属の本来の輝きを蘇らせる物質は、現在で言うのなら産業廃棄物だったのだろう。工場の敷地内にある金網で囲まれた大きなゴミ捨て場に捨てられているとのことだった。石鹸位の大きさから煉瓦位の大きさのもの迄、あるとのことだった。

鴇一郎にはそれが宝物に思えた。宝物は是非手に入れたい。当時の土曜日は半《はん》ドンと呼ばれた。授業は四時間だけで帰宅して昼ごはんは家で食べた。阪急宝塚線、三国《みくに》駅で待ち合わせた。鴇一郎は約束の時間よりも充分早く着けるように、家を出た。すると、みどりはそれよりも早く、地下道へ降りて行く所で待っていた。

「ほな、行こか」と、言うみどりに鴇一郎は付いて行った。駅から南の方角だった。田畑が広がるものの、所々には大小の工場が煙を吐いている。みどりが指し示した方角に金網で囲まれたゴミ捨て場があった。

「無《な》いね、今日は。あったら金網の塀を乗り越えて工場へ入って、取れるのに」と、みどりは残念がった。すぐに背を向けて去ろうとした。「場所は分かったやろ、鬼塚君。何回か来たら取れるよ」と、みどりの声は明るかった。

「うん」と、鴇一郎は答えながらも暫くの間、その場に佇《たたず》んでゴミ捨て場をじっと見詰めていた。

三国駅への帰り道、自転車に乗った二歳位年長と思える品相の悪い男子に、擦れ違いざま、鴇一郎は太股《ふともも》を強く足蹴りされた。

「何、仲良うやってんねん」と、野卑な男子は濁った声を発した。恐怖が鴇一郎の全身を駆け巡った。その男子は二人と同じ小学校では見かけないが、三国駅から東へ延びる商店街ではそれ迄に見たことがあった。その時に味わった予期しない怖れが「心の傷」として悪化していった。再びその工場へは行かなかった。更に、鴇一郎は金属に光沢を与える物質への興味が、引き潮のように短時間で遠のいてしまった。

五年生、六年生と同じように進級した岩代みどりとは、親しく声を交わすことはなかった。

高野山へ上《のぼ》って宿坊で泊まり、夏休みの間の二、三日間、山の気分を楽しむという「林間学舎《りんかんがくしゃ》」と呼ぶ行事があった。参加は強制されない。薄っぺらな卒業アルバムを捲《めく》ると、大伽藍《だいがらん》の中に位置する朱塗りの根本大塔《こんぽんだいとう》の階段に友達と一緒に座るみどりの姿が写っている。卒業後は同じ校区にある中学校へ入学した。時々、二人は顔を合わせているものの、近付いて話しかけることはなかった。

中学二年生の時に朝礼という朝の集会があった。その時、学年主任や生活指導部・部長が「校章を光らせて得意がるな」ということを言っていた。サンドペーパーの極細《ごくぼそ》を使って校章を輝かせる男子生徒が僅かばかりいた。鴇一郎は四年前に夢中になったことと、粗暴な男子から足蹴りを受けたことを蘇らせた。

「今から五十九年も昔に小学校四年生の男女が二人で仲良く通りを歩いたことは、珍しいやろな、中峯さん」と、鬼塚は往時を懐かしんだ。

岩代みどりという女性は、占師も務める僧侶の深町真法《ふかまちしんぽう》によると、現在も健康で過ごしているらしい。中峯は鬼塚による語りの中に、一人の老いた男性が心の中で大切にしている思い出の深さを感じとることが出来た。

小学校高学年の頃

「中峯さん、珈琲もう一杯どう、奢《おご》りまっせ」と、鬼塚は自分の世界を見せるために、時間を割かせる労を犒《ねぎら》った。中峯はその親切を恐縮しながらも受け入れた。

「次はねえ」と、鬼塚は先程とは異なり、険《けわ》しい目付きになった。

同じような大きさと構造をもつ檜の箱を、白いテーブルクロスの上に置いた。

「ほらほら、これが村中《むらなか》佐和太《さわた》という男だよ。姿が見えるだろ」と、蓋を外して側面の板を下から上へと動かせた。中峯には何も見えない。

村中佐和太は鴇一郎が小学五年生と六年生の時の担任教師だった。小学校では五年と六年は持ち上がりで、同じ担任が同じ組の生徒を受け持つ。

五年生、一学期の始業式後のことだった。その日、始業式を始める前に担任は生徒全員に住所と氏名を書かせる用紙を配っていた。

「鬼塚、お前は自分の名前の漢字、よう書かんのか。こんな字はない。よう書かんのか、五年生にもなって」と、担任の村中は生徒を見下げた目付きだった。鴾一郎は子供ながらに自分の名の文字は珍しくて殆どの人が、読み書き出来ないことを知っていた。中にはその文字そのものの存在を疑う人も多い。だから、自身がそれらの人々に賛同しがちになったこともあった。

「鴾一郎」。それが個人名である。「鴾」は「トキ」と読み、美しい大型の鳥である。「鴇」と書くことが断然多い。鴾一郎は担任の村中が自分に放った児童を見下げたような目付きを思い出しながら、自分に付けられた「鴾」という文字は厄介《やっかい》なものであると感じた。親が付けた文字は間違っているのかも知れない、と考えて気分が滅入りながら校門を潜った。

「へえ、お前の担任はそんなこと言うたんか。知らんねんな、『鴾』という字を。あれは漢字でのうて（なくて）国字《こくじ》と言うんや。お母さんが好きな鳥で姿がええ（良い）やろ。そんでお前も姿のええ子供になって欲しい、と付けたんや。これ迄に何度かお前に言うたやろ。この際や、よう覚えとき。お前の字は漢字やのうて国字やということをな。動物の名前には国字が多いな。日本人が漢字に似せて創り出した字や」と、教えるような母の口調だった。

鴾一郎は担任教師に自らの能力を蔑《さげす》まれたことは黙っておいた。

六年生になった。六年生全員が学校で一番新しい建築物の鉄筋コンクリートの校舎に入った。鴇一郎は更に不幸な出来事を経験するようになった。

鴇一郎は学力では六年七組という村中の組では中位よりやや上であった。だが、学力が全く振るわない生徒のように扱われた。その上、行儀作法を習得していない児童とも見做《みな》された。算数の時間だった。小数点のある数字の掛け算を黒板に書くように村中に指示された。正確な数字は覚えていないが仮に65・4×32・1とする。答えは２０９９・３４となり、小数点は３４の前に打てば良い。小数点一桁を持つ数字同士の掛け算だから、１＋１＝２になり、二つ目の数字の前に小数点を打つ。鴇一郎はその小数点をぎこちなく打った。その仕草を担任は勘を頼りにして打った、と見たのだろう。「何や鬼塚の小数点の打ち方は自信を持ってやったのとは違うな。勘やな。合っていて良かったけど、勘や、勘や」と、村中は自分勝手に合点して頷いた。村中の判断と言葉は鴇一郎には自分が揶揄されたものと感じた。自尊心が高くない他の児童でも鴇一郎と同じように感じただろう。

一学期は七月二十日に終業式を迎えて、翌日からは生徒が喜ぶ夏休みになる。七月三十日から一泊二日の日程で高野山への林間学舎が行われた。参加形態は自由参加である。参加しなくても欠席にはならない。鴇一郎は親に参加費用を出して貰って、当日を楽しみにした。朝、小学校の校庭に集まって点呼を受けて諸注意を聞き、阪急宝塚線三国《みくに》駅へ向かった。組の生徒の半数以上が参加した。教室での緊張を強いられる授業から解放され、男子も女子も花のような笑顔を浮かべた。多くの生徒は一つの大きな鞄《かばん》に荷物を詰めて持ち歩いた。鴇一郎はリュックサックに入らない荷物はビニール紐を綺麗に編んだ手提《てさ》げに詰めて運んだ。鴇一郎のように荷物を二つに分けた児童は数人いた。

「鬼塚、何やお前は。その荷物は何や。持ち歩いてる物が丸見えで何かが分かるし、何で二つに分けやなあかんのや、不細工《ぶさいく》な」と、担任は非難の言葉を吐き続けた。鴇一郎は母親の指示通りに従ったことが担任の不興を買ったことを感じた。楽しい筈の林間学舎が最初から水を打たれたように感じた。

三国駅から梅田駅へ、大阪市営地下鉄（現大阪メトロ）に乗り換えて難波駅へ向かった。地下鉄梅田駅構内は軽油が燃えて出る排気ガスが満ちているものの、その臭いが鴇一郎の嗅覚を楽しませた。列車はディーゼル車輌であり、黒い煙を空中に撒き散らす。車輌の屋根近くがどれも煤《すす》けていた。難波駅からは若緑色《わかみどりいろ》に水色を混ぜたような淡い色彩の車輌に乗り込んだ。その間、ずっと鴇一郎は担任から小言や難癖《なんくせ》を浴びないように、担任から遠い所にいることを心掛けた。だから、最も親しい友達と言葉を交わせないことを我慢しなければならなかった。周りの級友の明るく楽しく弾む話し声が、鴇一郎の耳奥では暗くむなしく増幅されて聞こえた。

座席に座って黙ったまま首を捻《ねじ》った格好で、窓外の景色を見ていた。やがて、黄色、青色、紫色の光沢のある絹糸を美しく絡《から》ませて流したような紀ノ川を、電車は渡って進んだ。両側の窓からはすぐ近くに豊かな緑色の木立が見えるのと同時に、樹木の香りが車内に飛び込んできた。鴇一郎は担任が同じ車輌に居座《いすわ》っていることを忘れて、景色と嗅覚を楽しんだ。終点の極楽橋《ごくらくばし》駅で降りて、高野山・山頂へ向かうケーブルカーに乗り込んだ。その時に鴇一郎の嗅覚を楽しませて緑色の風に運ばれてくる香《かぐわ》しい山の匂いは、七十歳近い今日も忘れることはない。

高野山の伽藍《がらん》への入口を示す大門付近で昼食の弁当を広げた。鴇一郎は遠足の時の昼食と同じように、寿司屋の握り寿司、盛り合わせ一人前半に舌鼓を打った。このような行事の日には母親は弁当を作らない。朝早く起きて弁当を作ることは、料理を苦手とする母親には面倒なことだった。当時は多くの寿司屋が朝早くから店を開けていた。母は開店と同時に前日に予約していた寿司折《すしおり》を買って来て、鴇一郎に渡すのだった。

鴇一郎はネタの中では甘辛い煮詰《につめ》を刷毛で塗った焼き穴子と小鰭《こはだ》の握りが好物だった。美食家の両親に連れられて、しばしば寿司屋や食事処で外食をした。小鰭の味が店によリ異なることを子供ながらに既に知っていた。大きくなってから分かったことだが、ネタを塩や酢を振って、締める時間の長さの違いや、調味料の良し悪しによるのだろう。

昼食後は宿坊へと立ち寄って大きな荷物を置いた後、金剛峯寺や文化財が展示されている霊宝館《れいほうかん》を訪れた。豊臣秀吉により自刃《じじん》することを強いられた秀次《ひでつぐ》の惨劇は、小学生のような児童にとって余りにも遠い昔のことのように感じられた。霊宝館には真言密教の世界を表し美術的にも価値が高くて国宝に指定された阿弥陀聖衆来迎図《せいしゅうらいごうず》や、仏涅槃《ふつねはん》図《ず》が展示されていた。それ等は全て色調がくすんでいた。学芸員による展示品の解説は広い館内で谺《こだま》のように響いた。

担任の村中佐和太は七つの組が円滑な流れの中で、霊宝館を後に出来るかに神経を尖らせているようだった。

卒業式の前日に受け取った卒業アルバムを見ると、鴇一郎の六年七組の参加者は五十四名中二十九名だった。それは最少の人数だった。最も多い参加者の組は五十五名中三十六名だった。参加率は鴇一郎の組が約五十四パーセントであり、最も高い組は六十五パーセントになる。鴇一郎は担任が学年主任ではあるが生徒にとっては人気の低い教員であった、と考えている。

長い夏休み期間中に「招集日」と呼ぶ日が設けられていた。八月の初旬と下旬に一日ずつ当てられた。九時迄に登校して教室で担任から宿題の捗《はかど》り具合などの質問を受けたりする。その後、校庭へ出て半時間位、草むしりをするのである。校舎の裏にも回って雑草を抜く。再度、教室へ入ってから解散する。この二日間は授業日でもなく学校行事日でもない。登校しなくても欠席にはならない。

鴇一郎は折から母親が両日、体調を崩したので看護や市場《いちば》への買い物、掃除などを甲斐甲斐《かいがい》しくこなした。五十四名から成る六年七組で八月の両日に招集に応じなかった生徒は他に四名いた。八月中旬の盆から既に二週間近くが経過した大阪は蟋蟀《こおろぎ》の羽音と共に、朝夕は夏の終わりを感じさせた。鴇一郎の家の貧弱な形の玄関では靴の収納庫下のセメント製の床に出来た小さなひび割れの中で、蟋蟀が家人に涼を振り撒いていた。

九月の始業式の翌日、一時間目の授業の開始直後に担任の村中佐和太から鴇一郎は質問を受けた。当時は教員に指名されると生徒は立ち上がって応《こた》えた。

「鬼塚は何で招集日に登校せんかったんや」と、鴇一郎を睨《にら》んだ。鴇一郎は立ち上がったが暫くは無言だった。病気の母親を看病したために登校出来なかった、と即座に言いたくなかった。そのために立ったままだった。

「お母ちゃんが病気やった」と、勇気を出した。担任は冷ややかな表情を浮かべた。八月頃は母は更年期の症状がひどかった様子だった。

「中峯さん、担任の私への対応は変だと思わないか」と、天井からの柔らかなスポットライトを受けている鬼塚は、穏やかに尋ねた。

「変、変ですか」と、中峯は適当な返事の言葉を見つけることが出来なかった。

夏休み中の生徒の行動について不審に思う質問は、始業式の日にしておくものだったろう。翌日からの授業時間中にするものではない。授業後の休み時間にでもすることが出来る。それに鬼塚だけが授業中に問い質《ただ》されることもない。招集日に登校しなかった生徒は他に四人いた。鬼塚の説明に中峯は首を縦に小さく振った。

「あの担任は何かあれば私を目の敵にしてね。私を攻め易い児童だと感じたんだろうな。私と担任との相性も悪かったのかもな」と、鬼塚はホワイト・アイボリー色の天井を見上げて遥か昔を思い起こしているようだった。

九月以降、担任は鬼塚に酷い言葉を言い放ち始めた。

「お前は大人しくて悪いことをしないような顔をしてるが、裏は真っ黒だ。心の中は暗黒だ」「女の腐ったような生徒や、お前は」などと鴇一郎を罵倒した。それ等の浴びせられた言葉を思い出して、鬼塚の表情は歪《ゆが》んだ。

毎月、一回、身体測定の日があった。六年七組の教室がある鉄筋コンクリート造りの校舎の三階端からは、最も遠い所に木造で平屋造りの保健室があった。体重、身長、胸囲、座高などの全ての測定を終えた鴇一郎は、保健室に続く木造の教室の前の廊下を六年七組の教室へと進んでいた。一階の教室前の廊下には薄い木を並べて釘で打ち付けた大きくて細長い簀《すのこ》を一列に並べてあった。校庭から教室に入る時など、靴の裏に付いた砂を落とす効果があったのだろう。

鴇一郎の前方にその簀の上を走って教室へ急いで戻って行く級友が二人いた。すぐに向きを変えて隣接する校舎へ消えてしまった。誰であるのか特定が出来ない。鴇一郎は一年生が入る幾つもの教室の前の廊下をゆっくりと音を立てずに歩き進むことは、何だか照れ臭く感じた。そこは五年前に学んだ教室だった。知らないうちに走り始めた。

身体測定が終わった次の授業時間のことだった。

「さっきの時間、保健室での測定が終わって一年生の教室前を走って大きな音を立てたヤツがおったやろ」と、村中は教室内を見渡した。

「正直に手を上げてみい」と、声に凄みがあった。鴇一郎は自分は走ったことを隠せないと感じた。静かに左手を上げた。あと二人、手を上げねばならない男子生徒がいる筈だった。

「鬼塚、お前、また悪いことやってんやな。大人しそうな顔してるが、お前は表と裏が激しい」と、担任は鴇一郎を睨《にら》んだ。鴇一郎は注意を受けるのは避けられないが、担任の言葉には悪意が含まれているのが悲しかった。鴇一郎の先を走っていた二人の男子は誰だったのか。手を上げて名乗らなかった級友は、上手に逃げ切ったことになる。

十月に入ると、一週間に一、二度の割合で文房具店を営む女性が、六年生の学年主任の村中を訪ねるようになった。女性店主の店は阪急宝塚線・三国《みくに》駅から東へ長く延びる商店街の中程にある。文房具店なので生徒全員が知っている。そこへは教科書を三月末から四月の始めにかけて買いに行くのである。町に住む大人もよく知っている。万年筆を扱うので高校や大学への入学祝いや入社祝いなどの贈答用の文房具を綺麗に包装してくれる高級文房具店でもあった。その上に、理科や図工の授業で生徒が使う教材を一手に引き受けて扱っていた。女店主は教科書と教材の取り扱い方と販売の在り方について、学年主任でありそれ等の窓口でもある担任と話し合った。商人としての要望を述べていた。

鴇一郎は授業を中断して二人が教室で話し合うのは、不都合だと感じた。学校と業者が商談するのなら放課後になすべきだろう。授業を一時、止めて迄、商談してはならないだろう。文房具店は午前から放課後迄の時間帯は、お客が少なくて閑散としているに違いない。担任は業者との商談の時間設定は放課後にするべきだった。例え、業者が一方的に授業時間中に現れて商談することを願っても断る勇気は持たねばならなかっただろう。鴇一郎の記憶では七、八回はそのようなことがあった。授業時間中に業者が現れ、その都度、授業を中断して生徒に自習させたのだった。教員としてそのような対応は良いのだろうか。

「中峯さんはプロ野球は好きかな」と、鬼塚はすっかり冷めた珈琲に口を付けた。

「はい、西武を応援してる。『京セラドーム大阪』へ時々、試合を見に行ってる」と、中峯は鬼塚を見た。

「今は西武ライオンズ、私が子供の頃は西鉄《にしてつ》ライオンズという球団名やった。稲尾、豊田、中西、大下、高倉……。それに監督は三原、三原脩《おさむ》。凄いチームやった」と、鬼塚は当時の選手の勇姿を再現させるかのように、選手名を次々と連呼した。

担任の村中佐和太は西鉄をセイテツと呼んでいたとのことだった。ふざけてそのように呼んでいるのではなくて、本当にそう思っていた。それに当時、人気のある十五分番組のドラマをＮＨＫが放映していた。午後七時から十五分間のニュースの後のホームドラマ「バス通り裏」である。「ブンブブブン・ブンブブブン……」と、四人の男性から成るコーラスグループのダークダックスが序唱する。「小さな庭を真中《まんなか》に……」と、シャンソン歌手の中原美紗緒《みさお》が健康的な唱法で歌い出す主題歌で始まった。高校教員の家庭と美容院の家庭を舞台にして、どこにでも起こりうる出来事が描かれた。ホームドラマの草分け的な番組であった。担任はその流行の番組を「バス裏通り」と呼んで生徒へ話題を提供した。

「バス裏通り」とは何を意味するのだろうか。さて、それはそもそも日本語と言えるのか。バスに裏などはない。バス裏にも通りはない。「バス通り裏」とはバスが通る幹線の通りから一、二本奥に入った住宅が建て込んだ地域を意味するのだろう。だから、その番組はそのような地域での人間模様を活写した番組と言うのだろう。

「西鉄《せいてつ》」と言い、「バス裏通り」と自らが言って不思議がらないのはどういうことだろう。交遊関係が広い人物なら間違った呼称は容易に矯正されうる。それに、テレビやラジオでニュースなどに気を付けていると、そのような呼称の誤りはしなくなる。だから、担任は幅広い交遊関係からは遠い所にいたのかも知れない。

月に一時間、「図書室の時間」という授業があった。学校の敷地の西に建つ木造校舎の二階の南端に図書室があった。その時間の多くは自由に読みたい本を各自が選んで読書した。或る時、スライド上映が行われた。級友の女子の一人が親に連れられて、初秋の一日を「ひらかたパーク」（大阪府枚方市《ひらかた》）で過ごした。その時の写真を幻燈《げんとう》用（スライド）に加工したので、是非、組の生徒に見せてやって欲しい、と母親が担任に指示した。当時は「幻燈」という言葉が使われていて、個人が撮《うつ》したネガを「幻燈」用に加工することは珍しく、費用が嵩《かさ》んだ。その時間に備えて担任は使い慣れない幻燈機を前日の放課後、若い教員に使い方を教わっていた。

その「図書室の時間」での幻燈鑑賞会では「ひらかたパーク」内でその女子が随所で写っていた。大写しになった女子生徒がスクリーンに姿を現す度に、半数位の生徒は歓声を上げげた。鴇一郎は複雑な気分だった。翌日、鴇一郎と親しい男子生徒が一時間目開始前の「行進の時間」に自分の考えを伝えた。「行進の時間」とは全校生徒が組毎に四列になって、校庭を校舎に沿った長方形の形に行進するのである。長方形の四隅には旗が立てられていた。その曲がり角では内側を行進する児童は小さな歩幅になって外側を歩く者に歩調を合わせる。それを他者への思いやりに繋げた。

「『図書室の時間』も授業時間や。そんな時間に特定の生徒が出る写真を組全員に見せやなあかんのか。俺等の担任は相当、具合悪いで。あれやったら、あの女子と母親を贔《ひい》屓《き》にしとんで。あいつは大地主の娘や。神崎川《かんざきがわ》の南から西へ広い土地持っとんで、父親が」と、級友は鴇一郎へ振り向いた。鴇一郎が担任の行動に違和感を持ち、「図書室の時間」の利用の仕方に異様さを感じていた。鴇一郎と同じことを気にするその級友に一層の親しみを感じた。

「図書室の時間」で鴇一郎が担任に抱いた違和感がもう一つある。「田子《たご》の浦ゆうち出《い》でて見れば真白《ましろ》にぞ富士の高嶺《たかね》に雪は降りける」という山部赤人《やまべのあかひと》の「万葉集」中の歌を板書して、熱を込めて解説した。「雄大である」、「目に見えるようである」、というのが担任の賛辞だった。だが鴇一郎にはこの歌は大きな感動を与えない。「雄大である」、「目に見える」のなら、言葉で表さなくて絵画《かいが》で表現すれば良い、と考えたのである。その時は十二歳の鴇一郎にとって、どのような傾向を持つ和歌に自身が強く心引かれるのかを上手に表現することは出来なかった。

三十歳を過ぎた頃から和歌についての好みをはっきりと持てるようになった。

「わが宿の　いささ群竹《むらたけ》　吹く風の　音のかそけき　この夕辺かも」

「春の野に　霞《かすみ》たなびき　うら悲し　この夕かげに　鶯《うぐいす》啼《な》くも」

「うらうらに　照れる春日《はるひ》に　雲雀《ひばり》上がり　心悲しも　一人し思へば」

全てが大伴家持《おおとものやかもち》による万葉集に収められた歌である。大伴家の家運が傾くのを阻止しようと懸命に生きた官僚である。平城京内で勢力を持っていた大伴家は長岡京（七八四～七九四）へ遷都《せんと》されれば家運が傾くことは必定だった。だから、都の移転を食い止めようとして要人の殺害を辞さなかった。その奸計《かんけい》が実行される前に家持は没してしまった。

万葉集の編集者と考えられるが、原本が紛失されているのは、家持に下された罰ではないだろうか。原本は故意に廃棄された、と鬼塚は考える。

「音のかそけき」とか、「うら悲し」、「心悲しも」という心象《しんしょう》を巧みに織り込んだ歌を特に鬼塚は好む。雄大な光景を言葉を用いて描いた歌は鬼塚が心の中に持つ楽器に共鳴しない。

母親とはこのような会話をしたこともある。

「あんたこの頃、『学校が面白うない』と、言うてるけど、何《なん》でやのん」

「面白うないわ。担任がな、僕のこと、怒ってばっかりしよんねん」

「へえー、また、それは何《なん》でやのん」

「僕のことな、『女の腐ったん』とか、『お前は表と裏が激しい』とか、そんなことばっかり言いよんねん」

母親は表情を硬《こわ》ばらせた。

「お母さんが担任と話、しようか。学校へ行って担任の先生に尋ねよか。何でうちの子が注意ばっかりされるのか」と、母親の声には力が込められていた。

「来《こ》んでええ」と、鶴一郎は返事して母親の申し出を退けた。もし親が担任へ苦情を言うのなら、どのような恐ろしい意趣返《いしゅがえ》しが鶴一郎に下されるか、想像がつかなかった。

半年後の卒業式を待ち望んで担任から離れることが出来る日の到来を、日捲《ひめく》りを繰るように数えた。

　小学校六年生という一年間で鴇一郎が懐かしく、しかも大切に心の中に暖めている思い出がある。一つは甲子園球場に繋《つな》がり、もう一つは悲惨で甚大《じんだい》な被害をもたらした伊勢湾台風に関係している。

　昭和三十四年（一九五九年）六月初旬に大阪市東淀川区小学校連合運動会が、甲子園球場で行われた。参加児童は五年生と六年生だった。センターに聳える黒色の巨大なスコアボードに近いレフト寄りの区域が、鴇一郎が通う小学校の席だった。椅子はなくセメントの階段が座席だった。春と夏の高校野球の観戦やプロ野球の紅白試合などで、既に数回、訪れている球場は珍しくはなかった。だが、全員で行うラジオ体操や五十メートル走でグラウンドへ降りた時の心の高鳴りは、六十九歳の今尚、鮮やかで美しい画像を結ぶ。バッターボックスに立つと、両翼のラッキーゾーンのフェンスは案外近くに見えた。十メートル位の奥行をもったラッキーゾーンの後ろのスタンドに座る他の小学校の児童の顔が、絵を描ける位、はっきりと分かった。

　五十メートル走が終わった。ポケットからちり紙《がみ》（ティッシュ）を取り出して、甲子園の土を少し包んだ。家へ持って帰り両親に見せた。焦げ茶色の非常に細かな土だった。父親は特に興味を見せなかった。後で知ったことだが、幾つかの特定の地域から採取した土を一定の割合で混ぜ合わせた土とのことだった。

この運動会での生徒の誘導や退出などで少しも担任を見かけることはなかった。恐らく六年七組のスタンド席にも現れなかっただろう。鴇一郎はこの大阪市東淀川区小学校連合運動会を伸びやかに楽しむことが出来た。

もう一つの嬉しい思い出がある。台風による被災中学生へ書いた慰問の手紙の返礼として、鴇一郎は十七通もの感謝を表す手紙を受け取ったのである。

昭和三十四年（一九五九年）九月二十六日。台風十五号は超大型の勢力を保ったまま潮岬《しおのみさき》（紀伊半島）へ上陸して、北東へ進んだ。伊勢湾では折からの高潮《たかしお》が災《わざわ》いした。東海地方を進んで東北地方をも襲った。ほぼ日本全土を災害という爪で掻き毟《むし》った。伊勢湾に近い名古屋市内では川の堤防が決壊して、多くの家屋が流された。死者は四六〇〇人に上った。台風十五号は甚大な被害をもたらした。地域の名前を冠して「伊勢湾台風」と命名された。

鴇一郎が通う小学校では被災した愛知県内の中学校へ生徒の兄姉を励ます手紙を書くことになった。鴇一郎も慰めや激励という思いを巡らせて、文案を考えた。一か月後、六年生達は差し出し人の個人名を書いた返礼の手紙を受け取った。担任の村中は受取人の名前を読みながら生徒に手渡した。鴇一郎は十七通もの中学生の兄姉からの感謝の手紙を机上に置いた。五十四名から成る六年七組では一通も手紙を受け取らない生徒が多かった。どうして鴇一郎だけが十七人から返礼を受け取ったのかは、理由が分からない。手紙の内容や言葉が被災した兄姉の心に強く届いたのだろうか。鬼塚鴇一郎《ときいちろう》という珍しい文字を持つ名前のせいかも知れない。様々に考えたがとにかく嬉しく感じた。

「何でか分からんけど、特に成績がよう出来る生徒でもないお前が沢山、手紙を貰うとはな。成績がクラスで最優秀の生徒でも四通やった。何でお前が十七通貰《もろ》うたんや」と、担任の口調は非難めいていた。


「こうやって檜の蓋《ふた》を外して直方体の板も取ってね、担任を睨み付けるんだ。そしてね、『こらっ』と、怒鳴ることにしてる」と、鬼塚は厳しい眼付きを中峯へも放った。中峯はそれを見て一瞬、怯《ひる》んだ。

「こらっ」と、鬼塚は実際に大声を出した。中峯だけでなく、カフェラウンジで静かに談笑しているお客達は一斉に声が発せられた方向へ視線を向けた。その時、中峯は周囲の客達の視線を浴びて恥ずかしさを感じた。大声を出した鬼塚は涼しげな表情だった。その取り澄ましたような顔付きを見ると、中峯は鬼塚の心の置き処《どころ》や心そのものを疑いたくなった。鬼塚の人格の中に何やら異様なものが潜んでいるように感じた。と、同時に鬼塚と担任教師の関係をも考えた。一瞬、身震いした。

鬼塚の交遊と職業

鬼塚鴇一郎はＪＲ甲子園口駅からそれ程、遠くない所に住む。甲子園球場近くの大きなホテルの珈琲ラウンジへは路線バスで球場前で降りたり、原付で直接家からやって来る。広くて天井からの穏やかなライトが降り注ぐラウンジが特に気に入っている。

鬼塚が懇意にしている僧侶の深町真法《ふかまちしんぽう》とは、鬼塚の親戚宅の法事などで次第に言葉を交わすようになって親しくなった。深町は法事が終わった後、興味が引かれる僧として鎌倉時代の天才僧である文覚上人《もんかくしょうにん》について語ったことがあった。仏《ほとけ》と自らの魂とを炎を仲介させて交信し、願いを成就《じょうじゅ》させた。その際、用いたのが調伏《ちょうぶく》という修法であった。鬼塚は文覚上人と調伏についての説明をもっと聞きたく思った。深町に美味しい緑茶と和菓子を持てなして文覚上人の事蹟《じせき》に耳を傾けた。

文覚は源頼朝に加勢した。頼朝が敵対する武将に対して滅ぼすための調伏を行い、頼朝が彼等を攻め易くした。調伏とは仏の威光や力を借りて敵対勢力を懲《こ》らしめることである。呪い殺すことでもある。文覚は護摩壇を南向きに設《しつら》え、炉は三角形にして護摩木を焚《た》き続けた。眼前の炎を仲介して仏と自分の魂を交信させる。やがて自らの究極の願いである相手を呪い殺すという望みを達成させた。

「ところで和尚《おしょう》さんは文覚上人のように仏《ほとけ》と交信して良うない人に天罰などを与えることは出来るのですか」と、鬼塚は今度は眼前の深町に興味を覚えた。

「んっ、拙僧か……。檀家の人の中には知人や友人を懲らしめることを依頼する人がおってな。それでちょいちょい（時々）、頼みを聞いておる」と、深町は小声になった。

鬼塚はこの数年間、心に抱いていることを和尚に打ち明けることを決心した。

六十歳定年を迎える迄には相当数の人々と様々な形で接してきた。好ましい関係で交流出来た人々がいる反面、不具合な関係で接した人々もいる。鬼塚にとって年齢がそのようにさせるのか、将来はもうないように思えるのである。だから、過去に交流した人々との懐かしくて忘れがたい思い出は、心の一番奥の扉の向こう側にしまっておきたい。それ等とは全く反対の思い出の中の人物は、時々、記憶から醒《さ》ましては「こらっ」と、恫喝《どうかつ》して懲《こ》らしめたく考える。

鬼塚は職場を定年退職して既に九年が経つ。現役の頃は生徒の学習理解力を高めようと、猛烈に働いた。放課後、補習と銘を打ち英語指導を行った。夏休み、冬休みと春休みには日直という当番が回ってくる。そのような日も利用して各数日間を希望生徒の学習指導に充てた。個人教授したのである。

退職後は三年間は大阪府立の高校で非常勤講師として英語を担当した。だが、ずっと長く働きたいとは考えなかった。現役として働いていた学校と同じように生徒の学力を高めようと働く教職員は稀だった。学習理解力を高めるよりも生徒に明るく楽しい学校生活を送らせることに、力点を置くのが教育方針だった。

定年退職した学校では「映画鑑賞会」という学校行事があった。大阪・梅田の映画館へ出掛けて行った。鑑賞会後は生徒が繁華街で問題行動を起こさないように教職員が、幾つもの班に分かれて、広い梅田を巡回した。「映画鑑賞会」の企画、実施に費やされた労力は甚大だった。また、「音楽祭」という学校行事もあった。それは文化祭とは別に催された。出演希望生徒が多いので選別されて当日に臨む。

生徒会係という五人から成る校務分掌《こうむぶんしょう》で割り当てられた担当者が、他の教職員の協力を得て実施した。出場希望者と面接して彼等の心掛けを評価した。ふざけた遊びと考える希望者を、まず排除した。次に演奏テープを試聴した。優劣が付けにくい場合は音楽担当者や合唱部顧問、それに吹奏楽部顧問に評価を仰いだ。それらの教員達は本来の業務を削られて協力せざるを得なかった。

「音楽祭」は学校行事という位置付けを得ている。だから、教職員全員が何らかの仕事を与えられる。会場は市民会館大ホールである。学校から会場迄の引率と誘導などの仕事もあった。選ばれた出演者である生徒は浮き足立っていた。気分を高ぶらせて舞台に立った。赤、黄、緑、青などの色とりどりの光を浴びて自らの歌声を伴奏にして、広い舞台を右へ左へ、奥から前へと踊った。彼等は選《せん》から漏れた友達に対して誇らしかっただろう。鬼塚は出演者の多くを授業を通して、或いは同僚の報告を通して知っている。授業中は学ぶことを拒んで机に伏せて眠っている。学校行事とは何を意味するのだろう。鬼塚は自分に問い続けた。「音楽祭」とは勉学を忌避《きひ》する生徒の「感情の捌《は》け口」なのかも知れない。そのような生徒のために全教員が働いている。不思議な思いがした。

鬼塚は非常勤講師としての学校勤務を諦めた。教科の学習指導に力を発揮出来る学校ではなかったからだった。仕事から解き放たれて自分自身を眺めた。恐らく自分の前には新しい将来は開けずに、過去に思いを巡らせることが多くなるだろう、と考えた。そんな頃に深町住持《じゅうじ》（住職）に強く引かれ始めた。

七十年近く生きてきた。子供の頃から現職を去る迄には多くの人間と接した。好感を持った人物、悪感情を抱かせた人物など多数に上《のぼ》る。それ等の人々から特に好悪《こうお》の感情を持たせた人物を選んでみたい、と考えた。それ等の人達の中にはもう、この世にいない人もいるだろう。深町住持に頼めば、それ等の人達の姿と魂を自分の前に示してくれるかも知れない。鬼塚はそのように考えると、胸が高鳴り始めた。

三月の初旬だった。関西では東大寺の「お水取り」（修二会《しゅにえ》）が終わると少しずつ春めく、と言われる。今津駅（阪急電鉄・阪神電鉄）に程《ほど》近い寺院へ、鬼塚は霜柱《しもばしら》を踏みしだきながら公園を通って歩いた。住持が住む家の廊下を通って本堂手前の修験堂《しゅげんどう》と呼ばれるお堂へ通された。栗の外皮のような光沢のある焦げ茶色の檜《ひのき》の床からは冷たさが身体全身に昇ってくるようだった。

「じゃあ、この用紙に名前を書いて下さるか。他の箇所は分かる範囲で結構」と、鬼塚はB5判位のやや厚い紙を渡された。依頼人の姓名、生年月日、年齢、職業欄に続いて、呼び起こす人物名、生年月日、年齢、職業欄があった。更に依頼人との関係欄には良好・尋常《じんじょう》・険悪《けんあく》の区別があった。最後に会った年月日を記入する箇所もあった。鬼塚は手が悴《かじか》むのを耐えながら、まず三人の名前から書き始めた。

「和尚《おしょう》は自分の心の中でこれ等の人を呼び起こすのですか」と、その方法を鬼塚は知りたかった。

「なあーに、呼び起こせる時は一旦、私の心の中に短時間、住まわせてから丁寧にその木箱の中へその人の姿と魂とを移した後、蓋をして閉じ込めるんだ。それと呼び起こせない時もある。その時は鬼塚さん、悪いが諦《あきら》めて下さるか」と、深町は念を押すかのような口調だった。

鬼塚が書いた用紙を深町は受け取り、記載内容を注意深く読んで、記憶を定着させているようだった。やがて護摩壇に向かって座った。丸めた紙片にマッチで火をつけて小さな護摩木《ごまき》に炎を移した。細《ほそ》く切った木片である護摩木を焼《く》べながら、肉付きの良い身体をした深町は丸くて大きな目に力を込めて、経文《きょうもん》を誦《よ》み続けた。先程迄、仄暗《ほのぐら》かった修験堂《しゅげんどう》内は護摩壇とそのすぐ近くだけが明るくなって浮き上がった。野外で演じられる薪能《たきぎのう》では演者の所作《しょさ》に応じて穏やかな女性を表わす小面《こおもて》の能面が、夜叉《やしゃ》のようにも変化する。護摩木の炎を受けた深町真法の表情は正《まさ》しくそのような能面の表情に似ていた。一旦、自らの心の中に引き入れた人物の魂と姿を次には檜の箱の中へ閉じ込める仕草をした。

「さあ、鬼塚さんが書いた人をこの場へ移して魂と姿を中へお入れした」と、深町は柔和な表情を取り戻した。

思い出深い中学二年生時の学級担任

「小学校の思い出はこれ位にして次の人物のことを話そうか」と、鬼塚は北口出《きたぐちいづる》と書かれた檜で出来た直方体の箱を鞄《かばん》から取り出した。

中学二年生になった鬼塚鴇一郎《おにづかときいちろう》は快活な生徒が多い二年十二組の中で、沈鬱だった六年七組の頃を払拭《ふっしょく》させた。明るくて楽しい学校生活を送るようになった。正式な担任である北口は春休み中の三月末にスキー滑走中に負傷したために、副担任の女性教諭が九月中旬迄、担任を代行《だいこう》した。数人の男子生徒に対して副担任は荒れ狂う台風がもたらす暴風雨から雨を避けようとする雨傘のように無力だった。彼等は副担任の話す内容や指示を聞かずに、勝手したい放題だった。授業中や一週間に一回、設けられるロングホームルームの時間や午後の終業時のショートホームルームの時間は、好き勝手に騒いだ。彼女が何度も大声で発した「静かにしなさい」という注意は、彼等の喋り声に簡単に掻き消されてしまった。

鴇一郎は担任が療養を終えて学校に戻って来るのを待ち望んだ。それらの数人の男子生徒は陰湿なワルではないことは分かっていた。品《ひん》が良く大人しい女性教師に対して、ふざけた態度を見せていただけだった。

「来週の月曜日から担任の北口出《きたぐちいづる》先生が復帰します。私に対して失礼な態度や言葉を浴びせて反省してない生徒は、北口先生には気を付けなさい。北口先生は決して容赦《ようしゃ》してくれないでしょう。数年前、学校一と言われた悪《わる》の代表のような暴力生徒と渡り合った先生です。学校ではこれ以上は面倒を看ない方が本人にとって良い、と校長先生に進言して少年院へ送った先生です」と、副担任が声を嗄《か》らして担任の人柄を説明した。数名の悪《わる》ガキと見做《みな》された生徒は急に静かになった。

担任は月曜日の朝のショートホームルームの時間に教室の戸を開けて入って来た。教壇に立つと二年十二組の生徒全員を鋭い目付きで見渡した。学級委員の女子生徒が生徒全員に「起立……礼」の号令を元気よく掛けた。

「事故を起こして五か月間、長いこと休んだけど今日からお前達の担任を出来ることを、何より喜んでる」と、復帰の言葉を低い声で述べた。その後、北口は自己紹介を兼ねて中学校での経験談を伝えた。数名のやんちゃな男子生徒も黙って聞き耳を立てた。その日の四時間目が終わって数分が経つと、白衣を着た担任が教室に現れて教卓の椅子に座った。

「理科室の天空《てんくう》模型を見ながら弁当、食べても旨《うも》うないからここで食べる」と、生徒を見渡して弁当箱を開いた。鴾一郎は数名の女子生徒と同時に担任の言葉と仕草に大きな笑い声を上げた。すると担任はそれに呼応するように大声の方を見渡した。鴾一郎は担任の低い声に先週土曜日迄の品《ひん》の良い高い声の女性教員を比べて、頼もしく感じた。

午後からの物理分野の授業では、担任は生徒に二度ずつ教科書を読ませた後、黒板を使って説明した。生徒の理解力の度合を確かめながら丁寧に授業を進めた。担任が休職中、他の理科の教員が行った代替《だいたい》の授業より遥かに理解し易かった。鴾一郎は北口に親近感を持った。

体育祭は十月の中旬に行われる。男女の体育委員が中心になり出場選手を決めた。短距離走、長距離走、走り幅跳、三段跳などは体育の授業を通して選手を決めることは容易だった。だが、砲丸投げの出場選手を決めることは体育委員では見当が付かなかった。体育の授業では教わることがなかった種目だった。体育委員は担任に相談した。

「男子の中には日曜日に学校へ出て来てソフトボールの試合やってるそうやな。他の組の連中と。そのチームでキャッチャーやってるのは誰かな。キャッチャーやったら、しょっちゅう二塁や三塁へボール投げるやろ。手《て》え上げてみ、キャッチャーやってるの」と、北口は見渡した。

「いたいた、鬼塚やな。そしたらきみが二年十二組の代表で頑張れ」と、北口は出場選手表に名前を書き込んだ。

鵯一郎が通う中学校は生徒数が大阪府下で三番目に多い。マンモス校と呼ばれた。校庭は広いのだが運動会を実施するのには窮屈なので、豊中市内にある服部陸上競技場を使っている。トラックとその内側のフィールドは大層広い。砲丸投げという種目はそのフィールドで行うことは安全である、という判断があった。

二年生の各組から一名ずつの砲丸投げ選手、二十二名が二列になって試技で一回ずつ投げた。鵯一郎は他の多くの選手と同じように耳と肩で支えるような格好で、鉄の塊《かたまり》を持った。その重さに違和感を覚えた。そのような重い鉄の玉を持ったことはなかった。本番でも異様さを感じながら思いっきり投げた。「ボトン」という鈍い音と共に土がへこんだ。一回きりの投擲《とうてき》で競技は終わった。鵯一郎は三位だった。一位は陸上部に入っていて校庭の隅にある砂場とその周辺を立入り禁止にして砲丸投げを練習する男子だった。小牛のような体型をしていた。

「どうや。鬼塚はよう投げたやろ。三位やで。ここに賞状があるから、後で他の入賞者と一緒に受け取りにおいで」と、六限終了後のショートホームルームで北口は生徒全員を見渡した。鴾一郎は嬉しかった。投擲を専門に練習する選手が一位であるのは当然かも知れない。だが、砲丸を持ったことがなかった自分が三位になったことを素直に喜んだ。

「私の目に狂いはなかったやろ。ソフトボールでキャッチャーをやってる生徒は、投擲競技でも相当、遠く迄、投げれると私は思うたんや」と、説明するとワルでやんちゃな生徒は不思議な位、静かに北口の言葉に耳を澄ましていた。

数日後、鴾一郎は教室の掃除当番を務めた。終了後の点検に北口は常駐する理科室から二年十二組のホームルーム教室へ上がって来た。清掃点検後、下校許可を当番の生徒全員に出した後、鴾一郎へ話しかけた。

「砲丸は鬼塚がそれ迄、持ったことがなかった位、重かったやろ。それでもよう投げたな。立ち上がって腰に力を入れて前傾《ぜんけい》になるキャッチャーの姿勢は砲丸投げに似てるやろ」と、担任の言葉は鴾一郎を励ましているように響いた。

体育祭が終わって一週間が経った。教室の後にあるコルクで出来た掲示板には白くて大きな模造紙《もぞうし》（上質の白くて光沢のある紙）に付けた二十葉《よう》位の写真が、貼り出された。体育祭での十二組の出場選手を中心にして担任が写したカラー写真だった。それ等を見た生徒の多くは「天然色《てんねんしょく》写真や」と、言って喜んだ。当時はカラー写真はまだ珍しかった。鴨一郎が親から買って貰った「コニカS」というカメラも、使用説明書は白黒写真撮影用に殆どのページが割《さ》かれてあった。

鴨一郎は友達と一緒にそれ等の写真を楽しんだ。残念なことに砲丸投げ競技は写っていなかった。だが、珍しい天然色の写真の色彩は綺麗だった。但し、色彩の輪郭は全く鋭くはなく、かなりぼやけていた。それが当時（昭和三十六年・一九六一年）の天然色写真だった。

二学期の中間考査が終わって十一月に入った。鴨一郎は小学校一年生から高校三年生迄の十二年間に及ぶ遠足の中で、最もよく覚えているのが北口に引率されたものである。大阪市東淀川区（現大阪市淀川区）内の中学校からバスで北東へ向かった。

京都御苑と御所が第一の訪問地だった。乗って来たバスを降りてから相当、長い距離を歩いた。その位、御苑と御所は広く感じられた。朝靄《あさもや》にかすんでいる御所内の建物を目指して、霜柱を踏み拉《しだ》くように砂利道を足音を立てて歩き続けた。その途中で同行《どうこう》している写真屋にクラスの記念写真を撮って貰った。

紫宸殿《ししんでん》近くには「秋の特別公開」という大きな標示板が立てられてあった。

「ここが平安京内裏《だいり》の正殿や。儀式や公事《こうじ》がここで行われた。よう見とけ」と、社会科を教《おそ》わり他の組の担任が大きな声で説明するのが聞こえた。

京都府立植物園が二番目の見学地だった。その年（昭和三十六年・一九六一年）の四月に連合国（イギリス・アメリカ合衆国・オーストラリアなど）軍から日本へ返還された植物園は美しかった。熱帯植物が育つ温室や野生林などが生徒に訴えた。その上に鴇一郎の興味を引いて面白がらせたのは、アベックの多さだった。若い男女が手を繋いで寄り添って植物についての解説板に見入っていた。級友も男女を問わずに彼等の姿を見ては楽しんでいた。

北口はハンチング帽（鳥打《とりう》ち帽子）を被っていた。もし中学生を遠足で引率しているという状況設定を壊すのなら北口は、解説板を熱心に読んでいる四十代始めの観光客に見えただろう。北口にはそのように見えるものがあるように鴇一郎には思えた。北口の好みや動作は若々しく映ったのだった。

十一月の中旬にさしかかった日のショートホームルームの時間に、北口は生徒に一つの提案をした。それは月曜日、水曜日、金曜日の六限目の後のショートホームルームの時間に一人が五分の時間を割いて、何かをすることだった。隔日に二人ずつが担当する。クイズを出題して級友に解答を求めること、家族と一緒に過ごしたハイキングの思い出などを語ること。読書感想文的なものを読み聞かせること……など、何でも良かった。

「面白そう」、「楽しそうね」、「恥ずかしい」、「ぴんと来《こ》んなあ」など、様々な反応が生徒の間で往《ゆ》き交《か》った。

副担任が巧みに扱い切れなかったワルでヤンチャな数名の男子は神妙な顔付きをして、出し物を考え始めた。彼等はそれ迄は級友に命令することによって、自分達に従わせて良い気分に浸っていた連中だった。だから逆に担任による提案に応じることは苦手だった。だが他の級友が趣向を凝らしてクイズなどを出題し始めると、担任の試みにすっかり観念して従順になった。

鴇一郎は姓は鬼塚なので男女別のアイウエオ順出席名列票では四番目だった。すぐに順番が回ってきた。円周率を採り上げた。

黒板の前の教壇へ上がって大きく深呼吸した。

「僕は円周率を調べました。三・一四一五九二六五三五八九七九……」と、記憶という沼の中から一つずつを引き上げるように不揃いの数字を板書した。教室内の誰もが鴇一郎の手元に視線を集中した。物理学専攻の担任もその一人だった。小数点第三十位迄を書いた後、円周率に纏《まつ》わる歴史も紹介した。

「ところで中峯さん、私もあんたも円周率は三・一四と教わったやろ。ところが今から三十年近く前からは小学生は円周率は、三と教えられとる。これは可笑しいな。円周率はまず三・一四と教わらんと。単に三では誤差が大き過ぎへんか。当時の文部省の見解は三・一四迄、覚えさせるのは児童に負担を与え過ぎる、ということやった。変やで、その考え。円周率が三でええんやったら、丸いタイヤが作られへん。まともな形のベアリングが出来《でけ》へん。三で作ったら、自動車、飛行機、冷蔵庫、空調機なんか皆《みん》な作動せえへん。文部省官僚というのはちゃんと勉強やっとるんか。彼等は単なるご都合主義者やで。きちんと正確なことを教えんかいな。何《なん》ぼ子供に負担をかけるから、という理由で整数の三を教えても社会では、三・一四を使《つこ》うてる。そのことを知った時の驚きの方が却《かえ》って大きな負担をかけるやろ。中峯さん、あんたどう思う」と、鬼塚は真剣だった。中峯は相槌を打った。

一方的に昔を語っているかに見える鬼塚が時々、不意打ちのように質問の矛先《ほこさき》を中峯に向ける。そのことに中峯は注意力を蘇らせた。

鴇一郎による円周率の話の後には学級副委員長を務める男子が続いた。「僕の和歌山市に住む親友」という題で小学校迄、和歌山市内の同じ小学校へ通って友情を育《はぐく》んだことを紹介した。

「鬼塚はよう円周率を覚えたな。私も大学時代、物理専攻学生としてきちんと覚えたよ、小数点以下を」と、北口の目は微笑んでいた。

あと十日が経つと二学期の期末考査が始まるという日のことだった。午前中に生物分野の授業が理科実験室で行われた。黒板の裏は理科室と隣接している。担任が常駐する部屋でもある。授業の最初に女性教諭が実験の概要を説明した。その時から多くの男子生徒が私語を繰り返した。ホームルーム教室より一・五倍程広い実験室は男子生徒の話し声が溢れた。「静かにしなさい。実験に注意力を集中しなさい」との担当教員の声は掻き消された。鴇一郎は二十七人いる男子の中では静かに実験に取り組んだ。

六限終了後のショートホームルーム時に、いつもなら低くて穏やかな声で話す担任には明らかに怒りの表情が表れていた。

「お前達は騒いでたな。女子の声は聞こえんかったけど。男子は私語がひどかった。私はずーっと理科室にいたからよう聞こえとった。私は担任として恥ずかしかった。扉を開けて実験室へ『黙れ、静かにせい』と、怒鳴《どな》り込もうと、何度も思った位や。担任として教科担当の先生に申し訳なくて恥ずかしかった。騒いだ、と自分で思う者はショートが終わったら、私がいる理科室へ来るように」と、ショートホームルームを締め括《くく》った。

二十七名の男子の中で、十四名が理科室で立たされて注意を受けようとしていた。鴇一郎もその列の中にいた。北口が男子に注意・説教をしようとした時、ある男子生徒が発言した。

「鬼塚君は騒いでいません。静かに実験してました。私語してません」。すると、北口は鴇一郎の方を向いてから男子全員を見渡した。

「他の男子もそれでええか」と、質問を投げた。男子の殆どが頷いた。「そんなら鬼塚はええわ。帰ってええ」。鴇一郎は喜んでホームルーム教室のある隣接する鉄筋校舎へ上がって行った。足取りが軽かった。

翌日、授業後の休憩時間に鴇一郎は理科室の担任の元へ呼び出された。担任は昨日、鴇一郎が他の男子生徒と歩調を合わせた理由を知ろうとした。

「騒いでもないのに私語がひどくて騒いだように思うたのは、仲の良い友達との友情を壊したくない、と思うたんか。彼等と付き合わんといかん、と思うたんか」と、担任の問いは的を正確に射る矢のようだった。鴇一郎は首を小さく縦に振って「はい」と、答えた。北口は満面に苦《にが》い笑いを湛えた。

週一回、設けられたロングホームルームの時間に様々なことが話し合われた。生徒の一人が「クリスマス」をしよう、と担任に申し出た。その要望は他の組でも上って実施に向けて準備が捗《はかど》っていた。だが北口は大阪市立という公立中学校である本校は特定の宗教に関連した行事は行えない、と答えた。生徒は他の組の動きは伝えずに黙ってしまった。二年十二組でのクリスマス会は立ち消えてしまった。

二学期の期末考査が終わった日に鴇一郎は担任へ年賀状を書いた。担任へ年賀状を出したのはこれが初めてであった。北口からの返礼の賀状は三学期の始業式前日に届いた。「三学期はあっという間に過ぎてしまう。風邪など引かずに得意科目に一層、精を出すように」との励ましの言葉が添えられていた。鴇一郎は嬉しかった。

三月二十四日の終業式が終わって数日が経った。五十名から成る二年十二組のうち四十六名が参加して「お別れ会」を兼ねたハイキングが行われた。担任が行き先を決めていた。「芦屋ロックガーデン」が目的地だった。

阪急宝塚線・三国駅へ繋がる地下道の前で集合した。生徒は全員が三国近辺に住むが、北口は大阪府の南東部にある羽曳野《はびきの》市から、はるばるやって来る。鴇一郎はそのことを考えると教員の仕事は大変だと感じた。女子生徒は役割を決めてバドミントンの用具やバレーボールを持って来ていた。終業式の日に担任から持って来て良い、という助言を得ていた。

最寄り駅、芦屋川駅から上り坂の住宅街の中の道を過ぎると、更に急な坂道にさしかかった。登山の初心者が訓練で登る所が「芦屋ロックガーデン」であることを鴇一郎は後で知った。生徒は自分達の足元と登って行く前方とを交互に見るように注意しながら、登って行った。全員が黙ってしまった。だが、「何だ坂、こんな坂」と、何度も声を出して自分を励まし、周りに笑いを振り撒く明るい男子もいた。

弁当の時間がやってきた。鴇一郎は他の多くの生徒と同じように、座り心地が良い丸くて滑らかな岩を見付けて腰を下した。担任の近くだった。「眺めが綺麗」と、鴇一郎は眼下に広がる海を見て思わず声を発した。

「そうやな、ええ眺めや。左の方が『打出《うちで》の浜《はま》』、それから右のずうーっと向こうが『神戸港』」と、担任は鴇一郎に応《こた》えるように二つの海を教えた。

「先生、弁当の後、バドミントンしようとラケットと羽根、持って来たけど、無《な》いやん、そんな場所」と、組の委員長を務める女子が口を尖らせながらも眼付きは穏やかだった。担任は広くて平坦な地面が無いことに気付いて、決まりが悪そうな表情を辺《あた》りの生徒にも見せた。秋の遠足の時とは異なる薄茶色のハンチング帽を被った担任の苦笑する表情には、愛嬌があるように鴇一郎は感じた。

昼食を済ませて暫くしてから帰路に就いた。往路は阪急電鉄・神戸線の「芦屋川駅」で降りて、すぐ上り坂を進んだ。帰りは国鉄《こくてつ》（JRの旧の呼称）の「芦屋駅」へ出た。鴇一郎は先頭集団の中にいた。担任はずっと後方の女子生徒に前後を挟まれながら下山した。

「中峯さん、芦屋ロックガーデンは面白いとこやった。大小の岩がいっぱい地面から突き出してる地形でな。登ったのはもう五十五年前やけど。そんでな、その二年後の高校一年生が終わった春休みに高校の友達とも一緒に登った」と、微笑みを鬼塚は浮かべた。

「そうですか、再び。今度もバドミントンやバレーボールはせんかった（しなかった）んですな」と、中峯は鬼塚の話をよく理解していることを示そうとした。鬼塚は中峯の意図を察知して子供っぽく笑った。

「それで、その北口出《きたぐちいづる》さんの木箱は、いつもはどこに置いてるんですか。さっきの村中佐和太さんの箱もですが」と、中峯は鬼塚が持っている木箱に関心があることを装うように尋ねた。

　村中の魂と姿が入った木箱は庭にあるスチール製の納屋《なや》へ収めているとのことだった。夏場はものを焼き尽くすような太陽光を受けて高温になり、冬場は乾燥した北風に晒《さら》される。木箱の中にいる村中はさぞ苦しいだろう、と鬼塚は想像した。「思い知れ」と、鬼塚は毒突《どくづ》いた。北口出の木箱は和室の床《とこ》の間《ま》に近い仏壇の横に他の幾つかの木箱と共に大切に保管している。

「そうですか」と、鬼塚の説明を聞いて中峯は木箱の異なる保管場所に思いを馳せた。

果たして親しい女友達だったのだろうか

「中峯さん、ホット珈琲、もう一杯、飲むかね、私が奢るよ。長い時間、私に付き合わせて」と、遠くの出入口付近のカウンター内に立つウエイトレスへ手を挙げた。

「もう一人、女性を見せたいので。もう一人だけ付き合《お》うて」と、今度はやや遠慮気味だった。鞄から同じ大きさの箱を取り出して中峯へ見せた。

「ほらほら、これが森迫清音《もりさこきよね》だよ、中峯さん。魂と姿が見えるかな」と、鬼塚は親しげだった。中峯へ見せる四人目の人物は森迫清音という名の女性だった。

鬼塚が高校生の時、二年二組の同級生だった。一重瞼が涼しげで色白の美形の女子だった。鬼塚はその一年前には三国《みくに》から同じ東淀川区内（現淀川区内）の国鉄塚本駅に程《ほど》近い所へ転居していた。

一学期の中間考査が終わって六月に入っていた。土曜日は四時間の授業が終了すると多くの生徒は帰宅した。そんな時、鴇一郎は新館と呼ばれる一番新しい校舎の一階にあるホームルーム教室にいた。

　現代国語の授業で短歌を学んでいた。担任であり授業担当でもある先生から課題が出されていた。「自分が好む短歌十五首」を出来る限り異なる多くの歌人の作品から選んで、レポート用紙で提出するのである。十五首の短歌を清書してそれ等を好む理由を明記した。それは気まぐれで物忘れがひどい担任からではあるが、真剣な課題であると鴇一郎は思っていた。本館の中央に位置する図書室から現代の歌人の作品が収められた分《ぶ》厚《あつ》い書籍を借り出して、レポート作成に取り組んだ。廊下側で一番後方の自分の席で一《いっ》首《しゅ》ずつ選び出し、作品をレポート用紙に書き写した。更にその短歌を好む理由を書き添えていた。土曜日の今日、学校で課題を仕上げると帰宅後は他の教科の復習が出来る。そのように考えて課題を終わらせるつもりだった。

　すると、森迫が背後から鬼塚に声を掛けた。

「一緒に帰れへん」と、誘った表情には頬に赤みが射していた。

「うっ、うん。これ、もう少しで終わるから、待ってな」と、鴇一郎は女子生徒から一緒に歩くことを誘われたことからくる心の揺れを悟られないように平静を装った。森迫は廊下で待った。七、八分が経っただろうか。森迫は再度、教室へ入って窓側から二列目で黒板近くの自分の席で立ったまま、黄色の雨傘を折り畳んでいた。それは鴇一郎を急《せ》かせる仕草であり、自分自身は鴇一郎と一刻も早く帰りたい、という焦りだったのだろう。

「終わったよ、お待ちどおさん」と、鴇一郎は廊下へ出て、そこで待っている森迫へ声を掛けた。

二人は校門を潜ってすぐの田圃《たんぼ》の中の車が一台やっと通ることが出来る狭い舗装道路を歩いた。その道は鴇一郎は歩き慣れてはいるものの、森迫には初めての道だった。やがて、緩やかな丘に建つ小学校を上と下とに分ける道を進んだ。その後、産業道路へ出て西へ歩くと茶褐色の煉瓦造りの大きな建物が見え始めた。朝日麦酒《アサヒビール》の工場だった。工場が吐き出す酵母が発酵する際に放出する生温かい匂いを嗅ぎながら、阪急電鉄の駅へ向かった。

「私等のこと、あれこれと友達が言うてるけど気にせんといてね」と、森迫は鴇一郎にお願いするような口調だった。

「気にしたら生きてられへん」と、鴇一郎は級友による噂に平気であるかのように答えた。

鴇一郎はいつもなら国鉄の駅を利用するのだが、森迫に誘われたので森迫が乗り降りする阪急電鉄の駅へと歩んでいる。森迫は降りる駅を一つ延ばして淡路駅で下車した。鴇一郎は同じ列車を乗り続けて十三駅《じゅうそう》で降りて、西へ歩き、随分、遠回りをして帰宅した。自分の部屋で森迫に誘われて普段とは異なる経路で帰ったことは、何を意味するのかを考えようとした。淡い灯《とも》し火《び》が心の奥底で点《とも》ったように感じた。やがて、今日と明日の勉学を考えると、その炎は急に風を受けたかのように消えてしまった。

「中峯さん、今なら生徒が淡い恋心を双方が抱くと、結構、高校生は楽しんどるな。ハンバーガー店、ファミレス、テーマパークでよう見かける。ところが、私の頃はそんな店がまずあれへん。私は高校時代、喫茶店でさえ入ったことなかったで。そやから学校からの帰りに森迫清音《もりさこきよね》さんと一緒に学校出た位やったな。何《なん》しか（兎《と》に角《かく》）勉強せなあかんかったから。遊ぶことはなかった」と、鬼塚の表情は固くなった。

「そしたら、その森迫さんとはそれで終わったんですか」と、その後のことを聞き出したい中峯は鬼塚に誘い水を注いだ。その時、中峯は鬼塚が語る思い出話に興味を持って、話の全容を知ろうと積極的になっている自分に気付いた。森迫に対しては苦い思い出が多かったらしい。

　森迫清音という女性は鬼塚が大学時代や社会人になってから知り合えた女性の中で、類似した女性がいないような人物だったらしい。

二年二組では鴇一郎の学力は一年間を通して、常に一番だった。中学三年生の時の担任による誤った判断がそのようにさせた、と鴇一郎は考えた。高校受験の際、滑り止《ど》めとして私立高校を鴇一郎は受けなかったので、担任は無難《ぶなん》な府立高校への進学を勧めた。当時は大阪では府立高校の方が概して私立高校よりも生徒の学力は高かった。だから公立の中学校ではクラスの中で学力が最上位から三分の一位迄の生徒は府立高校への切符を容易に入手出来た。それよりも下位の生徒は私学の高校を専願ではなく併願して、府立高校を受験する傾向があった。だが、府立高校のみを受験して進学したい鴇一郎は、必ず合格が見込める高校を受けるように担任は命令した。だから、相当、目標を下げて大阪府立の高校を選んだのである。

放課後は時々、鴇一郎は森迫と一緒に学校を出た。森迫はよく勉学を話題に選んだ。

「私、敢《あ》えて覚えたり理解しようとしなくても、簡単に出来るの。ちょっと教科書、読んだだけで、英語やったら単語の綴字《つづりじ》と意味が覚えられるの」と、得意がっていた。鴇一郎は英語が得意科目であり、英語の実力考査では二年生での席次は毎回、上位一桁だった。それでも手が覚える位、綴字を何度も書いて覚えた。

一年間に三回、実力考査が実施された。定期考査はそれぞれの学期成績になるのだが、実力考査は異なる。例え、その成績が芳しくなくても落第することはない。理科と社会はそれぞれ選択科目として幾つもの分野を一つずつ選んで受験する。試験の結果は氏名と得点が一覧表になって全員に配布された。

二年生は十一組迄あった。二年生の全生徒数は約五百五十人だった。鬼塚は理科は生物と化学の二科目を受けた。随分、難解な問題が数多く出題されたが、どちらも学年成績が上位一桁だった。森迫は理科は受験しなかったが、生物と化学の問題用紙は手に入れていた。

「鬼塚、森迫が言うとったで」と、男子生徒の中に森迫の言動を教えてくれる者がいた。鬼塚は咄嗟《とっさ》に森迫の言葉を知りたく思った。

「私もあれ位の問題やったら受けとったら、一番になれてたわ」と、澄まし顔だったらしい。鬼塚はそれを聞いて「僕の世界に住む人間ではないな、森迫は」と、諦《あきら》め顔だった。森迫の学力は五十人から成る二年二組では中位の上位《くらい》だろう。

二学期の青空が高くて澄んだ月曜日のことだった。

「土曜日の『プロムナードコンサート』聴いた」と、放課後、駅へ向かって歩いている時に、森迫は尋ねた。それはＮＨＫ交響楽団によるクラシック音楽のテレビ番組である。鴇一郎は生憎《あいにく》、その夜は友達を自宅へ招いて二人で勉学したので、Ｎ響《エヌキョウ》による音楽は聴くことが出来なかった。

「家の人はクラシックを聴くの」と、森迫は鴇一郎の家族に興味を持った。

「父親は聴くけど母は聴かん。関心がないらしい」と、鬼塚は両親の様子を伝えた。

「ふーん、そんなん。私とこは私を含め、皆なクラシック音楽が大好き。私とこは皆な音楽家ばっかり。ベートーベンの交響曲は一番から九番迄、皆、揃ってる」と、誇らしげだった。鴇一郎は中学一年からピアノのレッスンを私立高校で音楽の教員を務めたことのある五十代の女性から受けている。全音《ぜんおん》出版という楽譜出版社が発行する「ピアノソナタ集I」に掲載されたヨーゼフ・ハイドンの作品を主に学んでいる。鴇一郎は森迫のいつもの自慢話に黙って付き合った。

森迫はフルートを奏でる。鴇一郎はフルート奏者の女性に多い性質かな、と森迫を評価した。つんと澄ました「つん姫」と、森迫を内心、呼んだ。

「楽器性格法」という魅力に富んだ説がある。正鵠《せいこく》を射る考えかどうかは分からないが、特定の楽器とそれを演奏する人との間に或る性質の類似性があるらしい。そのことは鬼塚が後になって知った。管弦楽に用いられるコントラバス（ベース）の奏者は低音域の音を奏でるものの、旋律を長々《ながなが》とは演奏しない。自《みずか》らが発する音が曲想《きょくそう》に厚みをもたらせる。指揮者の意向を考慮しながら、楽団全体の音量をも斟酌《しんしゃく》して曲作りに励む。学問分野では社会学を専攻する人に似ているかも知れない。

フルートは優美、優雅な音色《おんしょく》を奏でて美しい旋律を歌い上げる。だから、フルート奏者は聴衆を自分の方へ引き付けて澄まし顔になるようである。木管楽器の大型のものにファゴット（バスーン）がある。旋律を演奏するよりも低音でリズムを刻《きざ》むのに適している。音色は少し割れたような響きがする。「ポッポッポッポッポッポッ」と、聞こえたりする。この楽器を演奏する人の中には剽軽《ひょうきん》で戯《おど》けたり、冗談を言うことを好む者が多いそうである。

鴇一郎は冬の季節を好む。体調も寒い季節の方が良い。従って考え事なども冬の方が充実するようだった。森迫が誇らしく振る舞う理由を考えた。誕生月は鴇一郎が十二月であり森迫は五月である。七か月早く森迫は生まれた。同じ学年であっても森迫は「お姉さん」になる。だから、「姉ぶりたいのかも知れない」と、考えた。もしそうであるのなら「単純」過ぎる。そのことを森迫に尋ねてみよう、と考えた。

三学期が始まって一週間程が経った。雪が時々、強い北風に煽《あお》られて横なぐりに二人へ容赦《ようしゃ》なく吹き付けた。

「あなたは大人しくて頼りないわ。私、しっかりしてるでしょ。そんなしっかりしてる方が相手であるあなたを引っ張って行けば良いの。私の方が何かにつけて進んでるものね」という反応が戻ってきた。鴇一郎はその答えには半信半疑だった。自分のことを自画自賛する癖は森迫の生来の気質によるものだろう、と考えた。楽しくて面白い人物ではない、とも思った。

一年間で最も寒い日が続く一月下旬に、大阪市森の宮にある大阪府立青少年会館で森迫が所属する楽団の定期演奏会が催された。森迫は中学二年生から「大阪市東淀川区ユースオーケストラ」で活動している。ジョルジュ・ビゼーによる「アルルの女、組曲」を中心に演奏曲が組まれた。森迫は鴇一郎に両親が聴きに来るので、演奏会終了後はロビーで会うように指示していた。鴇一郎は森迫の指示通りには動きたくなかったので、生返事《なまへんじ》をするだけだった。森迫が奏でるフルートは一匹の赤みを帯びた桃色の大きな揚羽蝶《アゲハチョウ》が、緑の木陰をゆったりと、舞うように飛んでいるかのようだった。難なく上手に演奏を終えた。自信が満面に浮かんだ。鴇一郎が内心、森迫を呼んでいる「つん姫」という名前がぴったりであることを確信した。

演奏会終了後、ロビーは人で溢れた。青少年が中心の演奏団体は親や兄弟姉妹、友達などが晴れ姿を見た後、演奏の出来具合などを語ろうとする人々を引き付ける。鴇一郎は森迫に見つからないようにロビーをあとにすることが出来た。

翌日の月曜日の放課後、学校を去って田圃の中の道を森迫と一緒に歩いていた。

「何で親に会《お》うてくれへんかったん」と、森迫は問い詰めるような口調だった。

「まだ会うのは早いよ」と、鴇一郎は応戦した。

「もっと軽い気持ちでええ（良い）のに」と、森迫は窘《たしな》めるようだった。鴇一郎は黙ってしまった。

「来々週の日曜日、私とこへ来ない」と、森迫は誘った。

「親と兄、姉は出掛けていないから。私一人で留守番するの。誰もいないの。ねえ、来ない」と、鴇一郎を促した。

「うーん、無理やな」と、鴇一郎は断った。

「何で」と、森迫は理由を迫った。

「日曜日は一週間分の授業の予習をするから」と、鴇一郎は滞《とどこお》ることなしに理由を見つけた。

　数日後、数か月以前に鴇一郎に森迫の言葉を伝えた男子生徒が再び、今度は別の言葉を教えた。

「『あの人、私、軽蔑するわ。あんだけ勉強して何が面白いの。日曜日は少しは頭を休めんとね。何か言うと、勉強、勉強。ほんまに軽蔑するわ、あの人』と、言うとったで」。

それを聞いて鴇一郎は森迫を自分から遠い所へ押しやって、決して自分に近付けてはならない人物と見做《みな》した。

春休みに入った。鴇一郎にとって春休みは最も気分がゆったりする長期休暇だった。国鉄・大阪駅を降りてすぐ南には八階建ての阪神百貨店がある。西側の通りを隔てて第一生命ビルが建つ。木造二階建ての旭屋書店がすぐ西に位置する。現在はヒルトンホテル本館の位置部分になる。ガラス扉を押し開けて入り、両側で立ち読みしている客達で狭くなった通路を進んで二階へ上がった。奥には高校生の学習参考書や問題集の大きな書棚がある。そこで数多くの書籍を目の当たりにして自分なりにそれ等の難易度を判断した。何とか取り組んで読みこなせそうな難易度の高い英語と数学の参考書を捜した。その時、鴇一郎に近付いて高校で英語を担当している、と自己紹介する四十代後半に見える男性がいた。その男性の助言を受け入れて「大学受験英語〈応用編〉」という書名の学習参考書を購入した。帰路、大阪駅から西北へ向かう列車内でも、ずっとその参考書を読んでいた。

森迫が穏やかで柔和な性格の女子だったら、鴇一郎は交際をしていただろう。自慢癖が強くて自分自身の程度が理解出来ない人物は閉口するのだった。

どのような社会人になりたいのか。どんな分野の職業に就いて将来を過ごしたいか。そんなことを考えると大学受験は大層、重大である。進学する大学の学部を決めるのに「高三コース（学研）」や「螢雪時代（旺文社）」も読んで検討した。そのようにして高校三年生を過ごし始めると森迫清音は鴇一郎の世界から、忍びの者のように音も立てずに去って行った。二人は所属する組も異なった。鴇一郎は八組であり森迫は四組だった。恐らく二年次の担任教師が二人を別々の組へと離したのだろう。二つの組はそれ等が入る校舎も随分、遠かった。

「私にとってあの女性は未知数だったな」と、鬼塚の眼差しは焦点が定まらない様子だった。

「未知数」と、中峯は鬼塚の言葉を反復してその真意を確かめようとした。中峯はすっかり鬼塚が語る高校時代の世界に引き込まれてしまった。鬼塚と森迫が織り成す男女の高校生という淡い交情を理解したかった。鬼塚が中峯に話した森迫の性格は鬼塚が苦手とするものではある。だが、もし交際しているものなら、森迫は違った面を示すことが出来たのかも知れない。

「そういう意味なんだ」と、鬼塚は中峯が想像したことに相槌を打って遠い過去を呼び戻したようだった。森迫の姿と魂を納めた木箱は太陽の光が当たらなくて雨風も凌げる小さな納屋に置いている、と鬼塚は締め括《くく》った。

「今日は長時間、私に付き合《お》うてくれて有難とう。すっかり長居をさせてしまった」と、鬼塚は中峯へ言葉を尽くした。

職場での悪戦の日々

今津港がある海へと注ぐ新川《しんかわ》の水面《みなも》が、太陽の光を映して和らいで見える。モンシロ蝶や黄色の蝶が緩やかな風に乗るかのようにして、川沿いを舞っていた。うららかな季節の気分に浸りながら、鬼塚は深町に会おうと原付を運転した。

「また、いらっしたな」との挨拶と笑顔で鬼塚は浄想院《じょうそういん》・本堂で出迎えられた。

「和尚、また続きの人をお願い出来ますか。護摩焚きを見せて貰《もろ》うて大層、体力が要る行《ぎょう》のように見えますな」と、鬼塚は深町真法の身体を気遣った。

「なあーに、若い頃から身体は修行で鍛練しておるので、あれ位は大したことないよ」と、表情は大らかだった。和尚は鬼塚が記入した二枚の用紙を見た。「川前《かわさき》ケサ子。七十八歳」。「下山悟郎、五十一歳」。二人に共通した項目には、高等学校勤務時代の同僚。職務遂行上、意見を全く異《こと》にした、とある。深町は般若心経《はんにゃしんぎょう》を読み始め、護摩木を焼べ《く》た。やがて、「えい」と、発した号令のような言葉で護摩を終えた。

「依頼があったそれ等の人物の姿と魂はこれに閉じ込めた」と、和尚は木の箱を二つ、鬼塚へ見せた。

鬼塚は三十八歳になっていた。四月からの新年度の校務分掌《こうむぶんしょう》という所属する係を決める校内選考が行われた。鬼塚は七年間、絶えることなく希望していた図書部への配属が初めて認められた。それ迄は教務部という部で仕事をしていた。奨学金の係や時間割作成の仕事が主なものだった。日本育英会、大阪府育英会それに高校がある地元の大手企業などが独自に実施する奨学金制度を生徒へ紹介して利用を勧めた。四月、五月は新年度の生徒への対応に追われる。秋になると予約奨学金制度の受け付けが始まり、短期大学や四年生大学を中心とした進学用の奨学金制度の仕事で生徒を指導した。

時間割の作成は五人から成る時間割係が三月中旬頃より二十日間程を費やして作成する。学期途中でも必要に応じて幾度となく、少しずつ作り変える。育児休業や体調不良による長期休暇や介護が必要な家族が出る時などは、代替教員が授業を行う。そのような時は時間割を一部分、作り変えねばならない。時間割作成の仕事は教職員の労働形態に直接、影響する。公平に時間割を作成しても、時間割に不満な教員は毎年、数人は出るものである。

働き易い時間割というものがあるように思える。無論、個人差はある。また勤務校の生徒の質も関係する。担任を務めて組の生徒を持っている時は、授業時間以外の時間は生徒についての事務一切を担当することになる。生徒から書類を集めて記載漏れが無いかどうかをまず点検する。次に記載内容を確かめる。問題が無ければ自分の組の全生徒分を決済出来る。だが、そんなことは滅多にない。問題がある書類が一枚でもあれば、解決するために係の同僚に質問して善処する。概ね複雑であり相応の時間がかかる。そのような書類が他の種類の異なる書類にもあれば、担任の仕事量は熱風を絶えず送り込まれる熱気球のように肥大する。

授業時間は三時間位、連続させた後は空き時間にすると、生徒に関する事務的な一切の仕事は能率が上がってこなし易い。だが、そのような都合の良い時間割は全教員に組むことは出来そうにない。鬼塚は時間割作成係だったので、良い時間割は他の多くの教員に組み、五人いる係の自分達へは最も不都合な時間割に甘んじた。

鬼塚が七年間持ち続けた望みが叶えられて図書部への配属が決まった時、大きな驚きを数人の同僚に持たれた。

「別荘に行けて良かったね」。「別荘では教務部で苦労したので骨休みしたら良《え》え」。「鬼塚さん、逃げたらあかんでぇ」などと、励ましとも揶揄《やゆ》ともとれる言葉を耳にした。鬼塚はその都度、「したいことがあるのでね、図書部では」と、答えた。だが、それ等の同僚には鬼塚の言葉は彼等の理解という鐘に充分、響かなかった。

図書部という校務分掌を一つの独立した部として機能させる高校は少ない。多くの学校では「総務部」や「教務部」の中の一つの係として置いている。図書部では平素は各組に男女一名ずつ割り当てる図書委員に、当番制による図書の貸出、返却の作業を課している。昼の休み時間や放課後にそれ等を務める。そのようなことを課すことにより、書物に親しむという学校環境を自らが推進しているという教育的配慮を施している。

一年に一度、秋に実施する文化鑑賞も図書部の仕事である。芸術の分野と演目を選んで決定する。毎年一回の蔵書点検は各組の図書委員と図書部の教職員が、三月初旬の学年末考査終了後に二日間を費やして行う。更に春休みと夏休みに読書感想文を生徒全員に長期休暇の課題として課している。その評価は国語の成績に組み入れる。生徒が書籍を選んで感想文を書き易いように、図書部の教員が中心になって書籍名とそれ等の推薦文を、一覧表にして配布している。書籍名と推薦文は多い程、生徒は選び易くなり感想文も書き易くなる。

中峯は前回にホテルのカフェ・ラウンジで会った時に交わした約束通りに、阪神・甲子園駅からすぐ近い大きなホテルの扉を潜《くぐ》った。十二階建ての本館にふさわしい広い吹き抜けのロビーには、芳香が漂い入館する客を穏やかな気分にしてくれる。ロビーに備えられた木製の大きくて丸い数台のテーブルは、ゆったりとした木製の椅子と共に色合いもしっくりと調和している。各テーブル近くには木の支柱を持つ大きなパラソルが立てられていて、南国情緒が醸し出されている。皮靴の踵《かかと》の音を耳で確かめながら鬼塚に会えることを期待して、ずーっと先にあるラウンジへ向かった。入店すると、中峯へ向かって手を挙げて明るい表情を満面に浮かべる男性の姿が、天井からの淡《あわ》いライトに浮かび上がった。その鬼塚の方へ進んだ。

「早いんですね。約束の時間は二時半ですのに、半時間も早いですよ」と、中峯は時候の挨拶を忘れて驚いた様子だった。

「なあーに、家にいて家内とずっと一緒に居《お》っても退屈だから、早いけど来たよ」と、鬼塚は中峯との楽しい出来事を捜しているかのようだった。

鬼塚は中峯が好物のホット珈琲を注文するのを確かめてから、鞄から檜の箱を取り出した。

「ほらほら、これが川前《かわさき》ケサ子の姿だよ。魂だよ。見えるだろ」と、木の蓋を取って側壁の板を外した。

「どんな人だったか、鬼塚さんとの関係など、教えてくれますか」と、中峯は鬼塚の屈折した思い出話を聞こうと興味の触手を伸ばした。鬼塚は三十八歳の時の四月からの新学期前後の出来事を話し始めた。

三月中旬の入試が終わると、大阪府立の高校の人事異動が発表された。七年に及ぶ図書部への配属を望んでいた鬼塚を好意的に図書部への異動を叶えたのには、図書部長の力が働いた。

「七年間も毎年、教務部から図書部への配属を願っているのに、一度もその希望を聞き入れてあげられないのは、余りにも公平ではないですよ。何も教務部の仕事が嫌で図書部へ逃げ出したい、というのではないですね。読書感想文の推薦図書の数が毎回、一番多いのが鬼塚さんです。生徒が提出する感想文が最も多いのも鬼塚さんです。その感想文を一編ずつ読んで評価するのに割《さ》く時間数が、最も多いのも鬼塚さんです。そのようなことを考えると、図書部でどんな仕事をしたいのかは自ずと分かるのではないですか」と、図書部長の意見は教頭、各校務分掌長と各学年主任から成る「校務分掌委員会」の全出席者に重い鋼鉄で出来た楔《くさび》を打ち込んだ。

数日が経った。その部長が他校へ転勤することになった。だから、新部長を決める選挙をやり直すことになる。川前は十人が所属する図書部内で最古参であり、年月は十年間に及ぶ。読書感想文が主な仕事である。新部長を決める選挙の日には川前は出身地の福井県へ帰省《きせい》中であった。春休み中の日であり、二か月前から予定していた。選挙の結果は川前が最も多くの票を得て部長に選ばれた。

鬼塚は選挙職会《しょっかい》（職員会議）後、三月末からの図書部への異動に備えて、教務室で片付けをしていた。そこは教頭の立派な机とは大きな衝立《ついたて》により間仕切りされている。

「鬼塚さん、ちょっと」と、教頭が自分の机の方へ手招きした。鬼塚は教頭の用件を想像がつかないままに応じた。教頭は校長室へついて来るように指示した。校長室は教頭の席とは隣接している。

「川前《かわさき》先生が年休《ねんきゅう》取って選挙職会には出てなかったので、私が選挙結果を伝えないと。それで図書部長を引き受けて貰わないといかん。部長職はどの部でもそうだが、とかく気苦労が多い。同じ部で働く者が熱心さの余り、啀《いが》み合《お》うたり罵声の浴びせ合いをしたりするしな。すんなり川前さんが引き受けてくれるんやったらええけど。もし、辞退したいとか言うたら鬼塚さん、あんたのことを話に出してもええか。あんたは図書部が初めてやけど、今日の選挙で十票も入ってたやろ。だから、あんたを無視出来《でけ》へん。そやから川前さんが『自信ないから図書部長は引き受けられない』とか言うたら、『鬼塚さんも手伝《てつど》うてくれるから、部長としての負担は軽《かる》うなる。そやから是非』と言うてええかな。それと、三月末に向こうて学年末の片付けと四月からの新学期の準備で、どの先生も多忙を極めてる。そんな時にやり直しの選挙職会ばっかりやってられへんし。是非、今日の選挙結果は尊重して貰わんと」と、教頭は校長に目配せした。それは承認を取り付ける仕草だった。校長は頷いた。

翌日、鬼塚は昨日のことを教頭に尋ねた。川前は「欠席裁判」を選挙職会は行ったことが不満である、と長時間、大阪からの長距離の電話口で言い続けたらしい。「鬼塚さんに手伝うて貰うて部長の負担を軽減すれば良い」と、教頭は宥《なだ》めた。

「川前さんは不満を言うとったけど、まんざらでもない、というようにも私は感じた」と、教頭は付け加えた。

四月一日《いっぴ》という学校にとって一年の最初の日がやってきた。西に向いた正門を入ると、すぐ右側に一〇〇メートルの長さに渡ってソメイヨシノの桜並木が続く。六分咲きのように見える。夜は底冷えの日が多く、日中はうららかな晴れ間が覗く日が続くせいか、花弁の色はいつになく艶やかである。そのせいか、辺りに心地好い春の気分を強く漂わせている。

午前中の職員会議のあとすぐに、校務分掌会議が行われた。川前ケサ子新図書部・部長は自分を含めて十名の図書部員の役割分担に取りかかった。開架式の図書室に配架する書籍の選定購入は部員全員が行う。昼休みの時間と放課後の図書の貸出と返却業務も、図書室を利用する生徒の動向を監督しながら取り組む。この仕事は輪番で行う。それ以外の仕事は一人当り一つから二つを熟《こな》すことになる。

川前は読書感想文の係は前年度と同じように主担として務めることを望んだ。

「感想文指導は本校の沿革史の中で、長い期間を費やして育《はぐく》まれた伝統の分野ですから、部長自らが中心となりませんと」と、第一声を発した。それは川前の新部長就任についての挨拶とでも解釈出来るような言葉だった。

その時、鬼塚は二、三年前のことを思い出していた。鬼塚と川前との読書感想文の評価を巡る意見の食い違いだった。

鬼塚はその時も文芸作品の分野で五編の書籍を推薦して、五つの推薦文を添えた。その結果、百九十編もの多くの感想文が集まった。それ等を図書部からの選考基準に従って、「優・良・可・不可」という四段階評価を行った。百九十編から九作品を「優」として図書部発行の「読《よみ》・どっく」という名称の冊子に掲載可能作品として推薦した。その評価を前任の図書部長へ渡した。数日すると、教務室にいる鬼塚のもとへ川前がやって来た。

「先生が九つもの感想文を掲載出来るものとして評価したのは可笑《おか》しい」と、不満気に口を尖らせた。「毎回、冊子に掲載するのは十編位。だのに先生の分だけで九編になってしまう。これでは他の先生から『優』の評価をして貰えなくなる。全体を考えると先生による『優』の評価は多過ぎます。『優』の九編をもう一度、読み直して評価を変えて欲しい。優から良へ格下げをしないと。先生がこんな評価をするから私は困る」と、言いたいことだけを言って英語科準備室へ戻って行った。

鬼塚は川前の考えは理に合わない、と考えた。読書感想文の出来不出来は常に変わるものだろう。鬼塚が推薦した作品により優秀作が多く集まれば、教育効果も上がると考えられる。自分の感想文が印刷されて他の多くの生徒に読まれるならば、その生徒が自らを励ますことになるかも知れない。そうなれば、その生徒の読書習慣はより一層、大きくて立派な果実を実らせることになるだろう。

川前が自分の評価を不都合だと指摘した。川前の判断に従って再度、九編の感想文を読み返した。文章の巧みさ、上手さ、言葉の適確さ、結論の導き方、文頭に結論を述べる方法などの違いはある。だが、正直に思いを伝えて読み手に強く鋭く伝わる。対象作品の登場人物を自分に置き換えるなどの共感性が、充分、窺《うかが》える。だから、評価に変化がないことを伝えるために川前ではなく、図書室に常駐する図書部長へ感想文を返却しに行った。

「先生が多くの作品を推薦してくれるので、読書感想文の提出生徒が増えて喜んでるの。今回は百九十編もの評価をして下さって、大変だったでしょ。有難とうご座います」と、穏やかな表情を眼に込めた。

「川前先生から『優』の作品が九編もあって多過ぎる。全体の釣り合いを考えると多過ぎる、と言われましたけれど、どれも『優秀』です。川前先生に私の評価を再検討するように言われましたけれど、再検討の結果です」と、鬼塚は自分の考えに変化がないことを明らかにした。

「手間取らせましたね。その旨を川前先生に伝えておくわ。ご苦労様」と、前図書部長の声は明るかった。

その時の図書部発行による冊子「読・どっく」には、鬼塚が「優」として評価した九編の作品全てが、優秀作として掲載された。例年の平均十作品を遥かに越える十七作品が、紙面を充実させたことになった。

読書感想文係の主担である川前の方針では、全校生徒を対象とした感想文が応募総数の多少に拘《かかわ》らず、掲載作品数は十編位なのである。その方針に鬼塚は同意しない。

「部長さんがこれ迄通り軽く読書感想文と係わるのは良《え》えですが、鬼塚さんにもそれと同様かそれ以上の役割を与えられても良えんと違いますやろか。前任の部長は決して読書感想文の主担はせんで、川前先生に任されましたやろ。だから、川前さんは随分、動き易かったかと。同じことが言えるのと違いますやろか。但し、二、三年前の『読・どっく』発刊の際、川前さんは前部長の決裁の仕方を已《や》むなく受け入れて、十七編もの作品を載せて下さったけど、いっそ、鬼塚さんが主担を引き受けても良《え》えかとも思いますが。いくら鬼塚さんは図書部が初めてや、と言うても今迄に図書部に協力してくれて数多くの推薦図書を紹介してくれましたやろ。それに図書部の仕事は教務部の時間割作成係のような特殊な能力は必要ありません。教えて貰《もろ》うて『こうしいや』と、指示されたら、すぐに出来《でけ》ます」と、図書部で最年長の密信次郎《みっしんじろう》は老婆心ながら、意見を述べた。

「各分掌会議後は運営委員会を開きます。関係の先生方は校長室へご参集下さい」と、教頭の声が分掌会議の閉会を急《せ》かせるように校内放送で流れた。十五分後には川前は校長室に居なければならない。読書感想文の主担者は未定ながらも他は全部の係が決まった。分掌会議終了後、鬼塚は年長の男性教員が応援してくれたことに謝意を告げた。

「なあーに、良《え》えですがな。私はあと二年で定年で辞めるのでね。だから言いたいことを言うておかんと。組織が活性化して欲しいから」と、前口上を述べて更に続けた。

「それと川前さんは、どうも一人相撲を取るところがあって。川前さんが読書感想文の主担を務めてから、生徒の提出数は横這《よこば》いですな。私はずーっと、提出数をきちんと調べて書き留めてますねん。川前さんは公表しませんけどな」

密は図書部が多くの同僚から「別荘」と揶揄《やゆ》されていることに、心を傷める教員の一人である。他の同僚へ図書部の仕事内容と部員の働き振りが充分、伝わっていないのが陰口を被《こうむ》る原因だと分析した。他の同僚へ何かを迫るようなことをするのが、誤解を招かない方策だろう、と断言した。

「鬼塚さんが感想文の主担をすれば良《え》えですがな。川前さんがあのようでは、図書部は活動が広がりません。沈滞するだけですな。自分と考えを異《こと》にする同僚に口を尖らせて、不平口調で物を言う人は損ですなあ。自分で気い付いてないので。それはそうと、私の部屋へ来なさるか。親戚が珈琲豆を送って来てくれましてな。ケニアからです」と、密は鬼塚を誘った。

密が常駐する社会科準備室からは春霞《かすみ》の中に大阪城が遠くに見える。本館四階にある準備室は南側の窓からは太陽光が降り注ぎ、明るくて視界が広がる。緩やかな丘陵地に建つ本館の南には数メートル低い平坦な地に、長方形の校庭が延びているので、遮るものがない。程なく珈琲の香が漂い始めた。口に含むと強い酸味が感じられて、鬼塚は爽やかな味の世界へと招き入れられた。この社会科準備室は別天地のように思えた。鬼塚が常駐した教務室は同じ本館の一階にある。桜並木と呼ばれる百メートル位の長さの植え込みにはソメイヨシノの桜花は眺められるものの、この準備室のような解放感はない。このような部屋で仕事が出来る教員が羨ましく思える。更にこのような場所にいると、職場について様々なことを過不足なく考えることが出来るのだろう、と鬼塚は密の言葉を思い出していた。

「生徒の観点から自分の仕事の有《あ》り様《よう》を考えることが必要ですなあ」と、密はぽつりと感慨を漏らすような表情をした。〇〇係という仕事内容を広く深く行うことにより、生徒への教育を効果的に実施することが出来ると言いたいのかも知れない。

新学期が始まった。鬼塚は三年生の担任を務めて、念願が叶った図書部員を活発にこなし始めた。春休みの読書感想文を三年生は自分を含めて十人の担任から、いち早く回収を終えた。新一年生と二年生をそれぞれ担当する図書部員は、締め切り日を大幅に遅れて集め終わった。提出率は三年生が新一年生とほぼ同じ位で高かった。その理由は鬼塚が始業式の翌日に一旦、担任から集めた直後に未提出者を確定した。それ等の未提出者に一週間の猶予を与えて感想文の提出を促した。提出しなければ国語の成績が不利になることを生徒に知らせた。強く生徒に対応したことが、提出率の向上をもたらせたことになる。密によると、三年生の提出率が新一年生のそれに肉薄するのは稀有《けう》であるらしい。新一年生は本校に進学したという喜びと、学校による課題についての指示は守らねばならない、という生徒としての当然の考え方をする。だから、読書が不得手であっても、それは課題なので熟《こな》そうとする。ところが、二年生と三年生の中には既に一年間、二年間という年月を過ごしたという不思議な自信を有害な細菌のように増殖させる考えをもつ者がいる。読書感想文を提出しなくても進級出来るのである。鬼塚はそのような怠け心を持つ生徒は許さない。

図書室に隣接する書庫という部屋に川前図書部長の仕事机がある。この書庫は多くの学校では司書室と呼んでいる。鬼塚の席もそこにある。だから、鬼塚の動きは同室の他の二人の教員と同じように川前が自《おの》ずと知ることになる。

一年に一度、文化鑑賞という学校行事を実施する。演目の分野を決定して使用する会場と準備、実施日の生徒誘導と教職員の役割分担や配置決めも図書部が担《にな》う。川前は文化鑑賞の主担者という役割に強い興味を覚えた様子だった。次第に読書感想文への関心を示さなくなった。

例年に比べて開花が遅れたソメイヨシノの花が風にそよぐ若緑色《わかみどりいろ》の葉に季節を譲り始めた。体育館の前にある大きな藤棚に咲き始めた藤色の花が、生徒の眼を楽しませていた。金曜日の二限目は十人の図書部員には授業はなく、「空き」の時間であり、図書部会に割り当てられている。図書室のある東館二階からは離れた本館二階にある小会議室で開かれる。

「それではまず始めに『図書の選定』から参ります」と、川前は図書部会を始めた。

司書の女性が作成した選定候補の書籍名、出版社、価格が一覧表で示された。それ等は図書部が窓口になって学校が買い付ける書籍である。図書室の閲覧室に配架《はいか》する書籍は図書部が学校全体の代行をする。鬼塚が推薦した図書名が一覧表には書かれていなかった。生徒が楽しんで読むことが出来る英語の語源についての学習用図書と、英米の風俗と英語を絡《から》めた書物だった。だが、それ等は司書が自らの判断により選定候補から外したのだった。

「どうして購入図書候補から消したのですか。閲覧室に配架して貰えれば生徒が読んで、英語に興味が湧くかと思って」と、鬼塚は不満だった。司書の考えは語学の学習用図書を置いても生徒は読まないだろう、という判断だった。その判断は二十一年間に及ぶ本校での勤務から生じる自信とのことだった。

「読まないだろう、というのは過去のことでしょう。本校に入学する生徒は毎年、変化してるので試みとしてどうしても買《こ》うて欲しい。勉学好きな生徒を育てるという努力は常にしたいですね」と、鬼塚は望みを繋《つな》ごうとした。

「そんなに鬼塚さん、それ等の本が必要なら自分でお買いになったら」と、川前は言って司書の考えを支持した。理屈が違う、と鬼塚は自身に言った。川前は論点をはぐらかして同性の司書に協力したいのだろう。

鬼塚は三年生の担任を務め、就職希望者と進学希望生の指導をしながら図書部の仕事を続けた。

六月の中旬になった。梅雨入りして数日を経た空は雨を呼ぶ雲が空一面に広がっていた。図書部は既に夏休みを見据えた仕事を始めていた。夏休みの閲覧室の開室日を設定したり、利用方法などを全教員から募っていた。

「読書感想文を一人でも多くの生徒から集めたく、全員の先生方から一作は図書の推薦を戴きたい、と思います。推薦図書が多ければ多い程、生徒は選び易くなり感想文を書き易く感じます。ですから、全員の先生から一作は戴きたい、と思います」と、職員会議での鬼塚の口調《くちょう》は明瞭だった。

職員会議が終わって鬼塚は図書室の閲覧室に続く書庫にある自分の席へ戻った。

「あんなことを言うとはね、駄目です。『全員から一作の推薦図書』なんて言ったら、強迫されてる、と感じる人がいることを忘れては駄目」と、言う川前の口元は不満に満ちて、いつものように尖っていた。

「どうして強迫になるんですか。我々、教員は生徒に様々な本を紹介して読書習慣を付けて貰って、本に親しむという生活を楽しむお手伝いをすれば良いのでは。それに教員は生徒に読書を勧めるための書籍を数冊はお持ちでしょう。だから、それ等のほんの一部を生徒に出して下されば良いのと違いますか。それがどうして強迫観念を植えることになるんですか」と、川前の感受性への同調のしづらさを鬼塚は露わにした。

「読書することや生徒に本を勧めることは、もっと内面的なことなので、個人的に気が進まないのなら、しなくて良いのです」と、川前は神経質そうな表情になった。

「個人的なこと、として扱うのなら、それは違うと思います。我々、教員はいろんな角度から生徒の知力や創造力、情感を育てるお手伝いをしないと。だから、読書指導とは各教員が自分の専門分野の教科を単に教えるのとは違って、高校生に興味が湧きそうな本を勧めることです」と、鬼塚は負けてはいなかった。

「川前先生、電話です。教頭先生からです。昨日、図書部の予算執行状況についての報告会を小会議室でする、と伝えてあったそうです」と、同室の女性教員が言った。川前は電話口に出ずに書庫の扉を開けて出て行った。鬼塚はその時、川前の行動は自分とは大いに異なる、と感じた。自分なら教頭から報告会の催促があったので、一旦、電話口で忘れていたことを詫びてから、教頭に会いに行くだろう。教頭からの電話を受けた教員は川前が退室したことを確認して、不思議そうな表情を浮かべた。受話器を戻すために再び立ち上がって電話の所へ行った。川前の仕草は他者に余計な行動を強いるのである。

秋分の日が近付いた。本館とその北に位置する中央館に挟まれて広い中庭が延びている。二等辺三角形のような形をしたメタセコイヤの巨木の下で、曼珠沙華《まんじゅしゃげ》（彼岸花）が目の醒《さ》めるような色彩の花を咲かせている。

鬼塚が勤める高校は勉学に関心を寄せる生徒は少なく、怠学《たいがく》という言葉で形容される生徒が目立つ。担任に連絡せずに無断で帰宅する生徒がいる。そのような生徒の行動を防ぐために、昼食時間には二人の教員が一組になって正門や裏門で見張る。この校門当番は一年間、続けられる。校務分掌の一つである生活指導部が各教員の時間割を基にして、作成する。十月になると、当番表の一部に変更が生じた。鬼塚は川前と一緒に正門での当番に就《つ》くことになった。鬼塚には重苦しい雲が不安定な気象状況の空に広がるように感じられた。

或る日のこと、正門に立って怠け生徒が現れるのを食い止める仕事に就いた。当番の時間が五分程、過ぎた頃に川前が当番を忘れてまだ書庫にいるものと考え、正門近くの校内電話を掛けた。書庫には居なかった。応対した女性教諭は川前の居所は分からない、とのことだった。当番の二十五分間が過ぎようとする時、次の当番の教諭が正門の方へやって来た。そのうちの男性教諭は川前がモデルルームに居ることを知らせた。そこは家庭科教室に隣り合う広い部屋であり、生徒が縫製した浴衣やパジャマなどを展示している。川前は一人でそれ等の作品を見ているとのことだった。鬼塚は呆れてしまった。書庫へ戻ると、川前は自分の机に向かっていた。

「川前先生、校門当番、忘れたらいけません」と、鬼塚は明るく言った。川前は鬼塚が話す内容が分からない様子だった。「私と当番だったんです」と、付け加えた。

「いつのことなの」と、無表情だった。

「ついさっきです」と、鬼塚は眼に少しばかりの非難の感情を込めた。川前からは詫びる言葉も表情もなかった。鬼塚は改めて川前は協力して働くことが難しい人物である、と考えた。

図書室という教室を二つ合わせた広さの閲覧室には、ホームルーム教室よりもいち早くストーブが据えられた。生徒が四十五人程詰めるホームルーム教室とは異なる閲覧室は、利用生徒が少なくて寒いことが、その理由だった。閲覧室には図書の貸出し、返却業務を行うカウンターが設《しつら》えられている。その奥に書庫が繋がる。書庫という部屋には鬼塚、川前の他に二名の教員の机が置かれている。二名のうち一名は下山《しもやま》悟郎《ごろう》という三十代始めの男性である。鬼塚には本立てを隔てて向かいに座る下山と川前が交《か》わす会話が、自然と耳に入った。

校務分掌長である川前は一年に一度、遠隔地への出張が割り当てられる。それは管外出張と呼ばれて、交通費、宿泊費それに日当が与えられる。図書部のための仕事である。図書活動を活発に行って有名な高校を訪れて見聞を広めたり、図書部の様々な業務に反映出来そうな仕事などを見学する。川前はその管外出張が来年三月末迄にこなせそうにないので、下山に譲りたい、と小声だった。下山は譲られることに喜びを表した。二人の会話に鬼塚は不思議さを募らせた。

金曜日の二時間目に開かれる図書部会で鬼塚はそのことを採り上げた。図書部長に割り当てられた管外出張を他の部員に与えることは、不都合ではないか、と質問した。仮にもしそのようなことが認められても、特定の図書部員にこっそりと与えることは問題だろう、と考えを述べた。図書部会に出張の件を降して全員で検討する案件である筈のものだ、と詰め寄った。

「管外出張は部長がこなせない時は、他の部員が行けば良いんです。教務部も保健部も生活指導部も、みんなやっています」と、川前は下山を見て承認を取り付けるような表情だった。

「私が問題にしてるのは決め方なんです。小声で個人的に部長は下山さんに管外出張を割り振ったことなんです」と、鬼塚は声を力《りき》ませた。

「もう、僕、部長さんから出張に行くように言われたので、計画して宿を予約して新幹線もとったんです」と、下山は既成事実を述べて鬼塚の発言を遮《さえぎ》った。下山は多くの教員がするように管外出張を、三学期が終わった春休みに予定している。三か月先の予定である。新幹線の予約は一か月前からでないと受け付けないことを、鬼塚は下山に教えた。下山は旅行代理店で予約したことを伝えて、鬼塚を躱《かわ》した。反古《ほご》にして部長以外の部員全員で出張に行く者を決めるか、図書部の管外出張を取り下げることを鬼塚は提案した。

管外出張は取り下げない方が良い、と密は提案した。既得権《きとくけん》は守らなければならない、ということが密の考えだった。

「鬼塚さんは私の判断に噛み付いてるので、私は撤回して日程調整し、私が行きます。そうしたら文句がないでしょ」と、川前は故意に鬼塚を見ないで下山に認めて貰うように視線をやった。

三学期の終業式の翌日は入学試験が行われた。その後、数日間は採点、合格発表の準備などで鬼塚も多忙だった。三月は二十五日が過ぎれば、半数位の教員はゆとりが出るようになった。そのゆとりとは仕事を休むことが出来る、ということを意味した。

鬼塚は三月二十六日とその翌日は年次休暇をとって仕事を休んだ。二十八日に出勤して教頭席近くにある出勤簿に捺印した。その時、教頭席のすぐ後ろの黒板の出張欄に下山の名前が書かれてあるのを見つけた。不審に思って教頭に尋ねた。下山は図書部長代理の管外出張を行っている、とのことだった。鬼塚は二人に騙《だま》された、と感じた。教頭に管外出張の在り方について、自分の意見を話した。更に川前が三か月前の図書部会で始めの考えを撤回して、自らが行うことを約束したことを説明した。下山による出張は不正である、とも伝えた。

「鬼塚さんは義憤《ぎふん》を感じてそう言うてると思うけど、遠隔地への管外出張が図書部内でどう扱われてるか、私の所では分からん。だから、私の所に集まる出張伺《うかが》いは校務分掌の部内で考えが纏《まと》まってるものとして扱《あつこ》うてる。鬼塚さんの怒りは川前さんと下山さんに向けてや」と、教頭は自分の考えを述べた。それは対向車が水溜まりを進みかけるのを、いち早く察知した歩行者が身軽に安全な所を選んで、跳《は》ねをかけられないように工夫したかのようだった。

四月からの二年目の図書部は鬼塚にとって、図書部の仕事に一層、打ち込める年となった。前年度は持ち上がりで三年生の担任を務めて三年間連続して担任を果たしたので、新年度は担任を降りることが出来たのである。

「図書部行事」として、日曜日に生徒から有志を募《つの》り大阪市内を文学と歴史を訪ねる散策を企画した。十一月三日は文化の日である。その前後一週間は全国を通して読書週間として設定されている。その二週間を活用して「散策」に参加を希望する生徒が、当日訪れる場所を調べる。訪問する場所は鬼塚が決定する。レポート用紙で提出されたものを印刷して、一冊の冊子《さっし》として纏《まと》める。実施前の職員会議では教職員にも配布して行事への関心が高まるように鬼塚は計画した。冊子の表紙は漫画研究部の生徒に働きかけて表紙絵を描いて貰う。それ等が主な内容であるのだが、鬼塚一人が係ならばこの活動は細くて小さなものになりかねない。そのように感じたので四月の図書部会で、協力を得られる教員を募った。

すると下山悟郎が名乗り出た。鬼塚が企画する「文学と歴史を訪ねる散策」が面白いらしい。それに図書部が実施する行事としての位置付けが良いとのことだった。鬼塚は下山の褒め言葉には一様に心地良さを感じるものの、鬼塚の中に飛び込んで来ようとする下山には穏やかでないものを感じた。

鬼塚にはもう一つの試みがある。それを部会に下《お》ろしてみた。教職員から書き手を募って紀要《きよう》のようには学術的ではないものの、一冊の文集を作ることだった。日常卑近な内容でも良い。一つの高等学校に働く者同志で心の交流を図ることを望んだ。芸術の分野、文学の分野、運動の領域、理科や数学などの世界に造詣が深い人達が集まる職場は、数少ないと言えるだろう。鬼塚が一緒に働く教員の多くは、向学心の薄い生徒達には批判の矢を放つことを好む。飲酒、喫煙、暴力事象、強姦などが毎週のようにそれ等を処置するために補導職員会議が開かれる。昨年度、鬼塚が担任を務めた組からは一年間で六名が補導案件を引き起こした。飲酒、喫煙と喧嘩だった。六名のうち二人が卒業後、大阪府警に採用された。警察学校で教えを受けている、とそのうちの一人が鬼塚に知らせたことがあった。高校在学時に懲戒事象を引き起こしたので、反省の念を抱いたのか卒業後は取り締まる側に立とうとしている。

鬼塚はよく自身に問いかける。「職場は空気が悪い」。だから、少しでもそれを改めるにはどうすれば良いか。そうするには教職員の興味を少しでも変化させることが出来れば、と結論した。生徒を扱き下《こお》ろすことに面白味を感じるのではなく、健康的な事柄に眼を向けることを鬼塚は望んだ。

本館と中央館を繋ぐ渡り廊下に囲まれた広い中庭の東半分の所には、築山《つきやま》が作られ遊歩道が通《とお》っている。多くの樹木が四季の移ろいを見る者に楽しませる。その横には池があり、鯉が泳いでいる。その岸の湿った地面にはムラサキツユクサが青紫色の可憐な花を多く付けている。その花と茎を一年生の生徒達が、ナイフや鋏《はさみ》などで切り取っていた。生物の授業で顕微鏡を使って組織や細胞を覗くとのことだった。

六月初旬の図書部会で鬼塚は文集作成の件を丁寧に説明した。川前や他の部員からはこの試みに対して質問や反対意見は出なくて、概《おおむ》ね好評だった。

「手間、暇のかかる仕事が好きなんですね、鬼塚さんは。原稿を寄せる教員は有志であって強制されないのが良いです」と、言って川前が締め括った。鬼塚は図書部会を反対者なしで潜《くぐ》り抜けたことに小さな安堵感を覚えた。

二週間に一回の割合で職員会議が開かれる。梅雨空から頻《しき》りに雨が落ちている。そのような木曜日の放課後のことだった。職員会議は連絡事項と審議題から成る。連絡事項はその校務分掌における担当者が説明する。他の教員や実習助手と呼ばれる職員は黙って聴いて頷くのである。但し、内容が不思議に聞こえる時は審議題に変更出来る。審議題は担当者が説明した後に時には活発な論戦に発展して、承認か不承認という採決が挙手で決められる。

鬼塚は会議室の中央の長机に置かれた印刷物を取り始めた。職員会議と書かれたB5判の印刷物には図書部による文集発行という鬼塚の企画が審議題の一つとして扱われている。

「変だ、どうしてか」という思いが鬼塚を駆け巡った。すぐに川前を眼で追った。川前はいつものように議長団席からは後方の廊下側の席に着いていた。連絡事項扱いで良いのではないか、と鬼塚は考える。図書部会で説明した時、誰からも反対意見が出なかったことがそのように位置付ける根拠になっている。川前も好意的だった、と考えた。文集を作成、発行するという試みは連絡事項として扱われるのが妥当だろう。もし不審に感じる教職員がいるのなら、その時に審議題として扱われて審議されれば良い。だが、始めから審議題扱いは料簡《りょうけん》が狭い。誰がそのように扱ったのか、と鬼塚は考えた。川前しかいないだろう。

連絡事項は全て承認された。議長は審議題へ進むことを大声で伝えた。文集製作と発行に関して鬼塚が説明のために立ち上がった。

「文集作成の理由と目的とを説明する前に、どうしてこの件が連絡事項ではなく、審議題になったのか、よう分かりませんが。図書部内で私が発案した時は誰も反対しなかったので、連絡事項として扱われるものと思っていました」と、不満を込めた。

「話し合いの結果、運営委員会がそのように決めたのか、運営委員会委員長である教頭さんが決めたのか、どっちです」と、鬼塚は尋ねた。審議題として扱われるのなら、審議の結果、反対が多ければ文集は作ることが出来なくなる。連絡事項ならば、「審議するべき」という動議が出されない限りは、そのまま承認されたことになる。鬼塚は同じ職場で働く者同志が、自分を語ることにより強く触れ合って仕事への活力を一層、強く持つことを願う。だから、文集は作りたい。

教頭の回答によると、文集作成は主担となる発案者が労働を提供するのだから、任せておけば良い、とのことだった。概ね、協力的な意見が多かったらしい。「但し、教員から作文を募って教員間の話題を深めて触れ合うことをしなくても、今のままで充分、親しい、という意見もありましてな。だから、そんな意見を勘案すると、図書部から出てきたように『審議題』として扱おう、と考えたまでのこと。『審議題』として四角四面に考えなくても」と、教頭は川前の判断であることを熱湯を急激に冷水で薄めるように話した。

川前が常に自分に対して批判的であることをこの時も感じた。そうであるのなら、部会の時に「この試みは初めてであるので、職会（職員会議の略）では審議題として扱って貰う」と、言って欲しかった。

職員会議では誰からも異論は出なかった。会議後、書庫で鬼塚は判断の根拠を質《ただ》した。「初めての試みなので審議題になるのは当然よ」と、川前は涼しい表情だった。「反対者が多くて否決されれば、文集発行を止めれば良いじゃない」と、付け加えた。

「川前さんは変です。生徒が喜びそうな『音楽会』は、いきなり連絡事項で説明を受けて、そのまま実施された行事です。覚えていますか。それと図書部員からの発案は、守って支持することが部長の務めです。図書部を後戻りさせるような提案なら大いに反対したら宜しいが、そうでないのなら支持するのが部長の役目」と、鬼塚は熱を込めた。

「『手間、暇のかかる仕事が好きなんですね、鬼塚さんは。原稿を寄せる教員は有志であって、強制されないのが良いです』と、川前さんが言うたのは、私の案に協力的だからでしょう。それとも、あれは嘘だったのですか」と、尋ねた。

「そんなこと、私、言うたかしら」と、川前は記憶にない様子だった。

「困るなあ、この人」と、思わず鬼塚は呆《あき》れ顔を満面に表した。

図書部発行の文集は夏休み中に完成して、八月末の職員会議で配布することを計画した。有志への原稿の依頼、ページ等の割付け、日次の作成、ホッチキスを用いての製本作業等を考えると、協力者が必要だった。

「僕に手伝わせて下さい」と、下山が協力を申し出た。鬼塚は気乗りはしないものの、他に協力を頼める同僚がいないので、受け入れることにした。

原稿を依頼するのに形式を考えた。鬼塚自らがワープロを用いて原稿の入力をするのなら、途方もない位の時間がかかる。だから、方眼紙《ほうがんし》に原稿を縦書きにして書いて貰って、それをそのまま印刷する。必ず題と氏名を添えて、匿名は受け付けない。鬼塚は寄稿を望める同僚が常駐する教科の準備室や校務分掌の部屋を訪れて、方眼紙と寄稿の要項を手渡した。一か月後には十五人から原稿が集まった。鬼塚も一編の随筆を書いた。川前からの投稿はなかった。川前からの作品があれば文集発行は図書部の仕事の一つであるという位置付けが明確になる、と鬼塚は期待したのだった。

「えっ、僕も原稿を書くの」と、鬼塚が催促すると下山は驚きを隠せない様子だった。更に下山が有志から受け取っている原稿があるかどうかを尋ねた。

「頼んでも『次回には書くわ。今回は見送る』と、言う教員が多いです」と、下山は残念な表情を浮かべた。鬼塚はただ聞くだけに留《とど》めた。

関西地方の梅雨明けが大阪管区気象台より発表された。その二日後に一学期の終業式が行われた。「読《よみ》・どっく」という名の図書部発行の冊子を携えて数人の生徒が、閲覧室に入って来た。冊子に載っている推薦文を参考にして読書感想文を書く書籍を捜している。鬼塚は今回も五冊の書物を推薦したので、自分が推《お》した作品を読むことを望んだが、生徒達には黙っていた。生徒自身で選べば良いと考えた。

夏休みと言っても生徒は休めるものの、教職員にとってはそれ程、長い休みではない。クラブ指導は一人の教員が文化系クラブと運動系クラブを一つずつ、顧問を務めることになっている。

　八月に入ってからの出勤日を鬼塚は下山と確認し合って、文集を作成する作業日を設定した。冊子にするために落丁《らくちょう》などがないように二人揃って作業することにした。八月の初旬、集めた原稿を複写して不鮮明な文字は濃く、よく読めるようにする。その後、ページ数に合わせて複写した原稿を並べ、見本を一冊作ることにする。少しでも涼しい朝の時間帯に作業を進める。印刷室や書庫には冷房設備がないからである。

　二人の共同の作業日の初日は約束の九時を過ぎても下山は出勤していなかった。鬼塚は原稿などを整えて事務室へ下りて行った。事務室は外来の業者等の打ち合わせにも使う部屋なので、冷房がよく効いている。事務担当者に複写機を使用する理由を告げてから、複写をし始めた。

　冊子の表紙絵は美術の担当者に依頼している。事務室へその美術担当者が美術準備室の鍵を返却するために入って来た。美術クラブの生徒達が本来の活動をせずに既に下校したそうである。登校して三十分程、テープレコーダーでブレイクダンス用の曲を再生して、それに合わせて一頻《ひとしき》り練習したとのことだった。美術教員は部員に絵や彫刻の製作を指示すると、不機嫌になるので彼等の好きなようにさせたらしい。鬼塚はその教員の生徒に対する不満に相槌を打ってから、表紙絵のことを尋ねた。職員室にある図書部用の連絡棚に入れてある、とのことだった。

鬼塚は職員室へそれを取りに行った。Ｂ５判用紙に「もの申す」と迫力のある文字が書かれていて、眼鏡を掛けた男性が吠えている様子が描かれてあった。思わず笑い顔になって美術教員の技量を讃《たた》えた。

「文」という文字を用いて文集の名称とした。「ぶん」と読んでも「もん」と読んでも良い、と柔軟に考えた。発行部数は教職員の人数に予備を加えて六十五部を予定した。試しに見本として一冊を作ってみた。巻頭言《かんとうげん》は鬼塚が書く。川前図書部長が寄稿するなら、彼女に任せることにしていた。文集発行の意図として「教職員がこの冊子を通して一層、親しくなること」、「意見の交換を図ること」という二点を強調した。見本を完成すると、鬼塚は下山の協力がなくても案外、早く六十五部を一人で作成出来る、と楽観した。

書庫にある自分の席で暫くの間、休憩していた。今日は閲覧室の開室日ではないので、生徒はいない。時々、熱風と言えそうな風が南の窓から太陽光と共に吹き抜ける。鬼塚は早く今日の仕事を切り上げて帰ることを考えた。子供の通う保育所への送り迎えのために車通勤の許可を受けている。帰宅途中にある涼しいファミリーレストランで遅い昼食を摂った後、暫くの間、英国人による日本人作家についての評論文を読むことを考えた。すると、書庫の戸が開いて下山が入って来た。

「ここに居たんですか。随分、捜しました」と、鬼塚の気分を紙鑢《かみやすり》で擦《こす》るような言葉だった。

「今日、二人で予定していたことは私一人でもう済ませた。一人で充分、出来た」と、鬼塚は約束を守らなかった下山に不平を込めた。下山は約束の九時をかなり遅れて出勤したとのことだった。遅れた理由は寝過ごしだった。出勤して鬼塚の居場所を捜したのだが、分からなかったらしい。だから、体育館で練習しているバドミントン部員を指導していた、と理由付けした。

「私の机を見てくれれば私が出勤して、どこに居るかは分かった、と思うけど。文集を作ってるから事務室で複写してるか、印刷して作業してるかだよ」と、鬼塚は下山の注意力を喚起しようとした。下山は黙っていた。

「それと事務室で鍵を確かめれば分かるやろ。印刷室の鍵が掛かってなければ印刷室は使用中で、私がそこにいることが」と、鬼塚は声に力を込めた。

「それはそうですけど、先生の居場所が」と、言うと下山は後に続く言葉を呑み込んだ。続けようとする言葉は不利になることを感じた様子だった。

下山は文集作成の意志は持っているものの、その程度は極めて低い。鬼塚を必ず見付けて二人で作業する、という意志は持たないのだろう、と鬼塚は考えた。今日のようなことが今後も続くのなら一人で作業する方が、気分がすっきりする。そのように考えて下山に言ってみた。

「今日のことは大目に見て貰って、次はちゃんとやるので」と、下山は微笑を浮かべた。

五日後に二回目の作業日がやってきた。車通勤する鬼塚は道路状況が良かったせいか、約束の時間より半時間も前に出勤することが出来た。閲覧室の開室日ではないので、閲覧室の大きな机に文集作成用の印刷物を置いていき、下山との共同作業の準備をした。開始の九時を過ぎても下山は姿を現さなかった。だから、一人で印刷物をページ順に重ね始めた。一時間半程、経過した時に電話があった。

「出勤して一緒に仕事をしたいんですが、夏風邪を引いたみたいで、これから医者へ行きたいんです」と、下山の声は細く聞こえた。

「いいよ、一人で出来るから」と、鬼塚は下山を安心させようとした。「当てにならんなあ、あの男は」と、自《みず》らに苦々しく言って聞かせた。電話を掛けてくるのが遅過ぎる。約束の時間を一時間半も経ってから断りの電話をよこすとは、と鬼塚の心の中で下山への不協和音が鳴り響いた。

三回目の作業日は下山が定刻通りに出勤した。大型のホッチキスを用いて三十六ページから成る「文（ぶん、またはもん）」を完成させた。表紙は淡いクリーム色の色画用紙を使って柔らかな印象を与える装丁に仕上げた。「もの申す」と書かれた文字も穏やかに見える。六十五部の文集は鬼塚のロッカーに納めて、紛失するのを防いだ。

お盆を過ぎると朝夕は少しずつ気温が低くなっているのが、身体にも感じられるようになった。長い休みから再び学期始めを想定して身体を調整し始めた。本館と中央館に挟まれた広い庭園に育つ大木のメタセコイヤには、クマゼミの暑苦しい鳴き声に混じって法師ゼミが聞こえ始めた。今朝は図書部長の川前が出勤している。

「鬼塚さん、例の作品集はもう出来たの」と、川前が話しかけた。図書部の新しい仕事に興味があるのか、部長として部内での仕事の進捗《しんちょく》状況を知ろうとしたのだろうか。

「もう、とっくに終わった」と、ややぶっきらぼうに答えた。

「ご苦労様、随分、時間がかかったでしょ。でも下山さんと二人で作られたから」と、共同作業による仕事量は案外、軽かったのではと考えている様子だった。

「次回は先生も投稿してくれれば、図書部発行の文集という体《てい》が整うかと。それに下山さんは少し作業しただけで、多くは私が働いたんです」と、下山への不満を川前へ漏らした。

二学期は九月一日に始まる。その前日に職員会議が午後一時半から開かれた。職会

（職員会議の略。教職員間での呼称）が始まる直前に、書庫から鬼塚は文集を持ち出す時に下山に手伝って貰おうとした。下山は明らかに鬼塚への助力を拒んだ。

「変だ」と、鬼塚は直感した。

　鬼塚は「文」を職会用の各校務分掌から提出された印刷物と同じように長机へ置いた。投稿した教職員の多くは職会と直接、関係のある印刷物よりも真先に「文」を開いて、自分の寄稿文を読んでいるようだった。その光景に鬼塚は自分の試みが同僚へ少なからず影響を及ぼしていることを実感した。

　九月の中旬頃迄、「文」は教職員の関心事の一つとして、よく話題に上った。数年間共に働いているのに、初めて同じ趣味を持っていることを互いに知って、急に親しくなっていく者がいた。担当する教科について述べた教員に興味ある考えを見つけ、それを知ろうとして談笑する教員もいた。

「文」は様々な原稿を掲載した。映画をこよなく愛する一人の同僚は、思い出の映画を述べている。邦画と洋画から数編を選んだ。邦画では「東京物語」（小《お》津《づ》安《やす》二《じ》郎《ろう》監督、笠《りゅう》智《ち》衆《しゅう》、原節子主演。上京した老齢の両親と家族を描く）、「麦秋《ばくしゅう》」（小津安二郎監督、笠智衆、原節子主演。父と娘の関係と娘の結婚問題を描く）を採り上げた。洋画はアラン・ドロンが主演した「太陽がいっぱい」と「大将軍」だった。前者は貧しい青年が大富豪の息子が自殺したという完全犯罪を思い付く物語である。後者はチャールトン・ヘストン、ローズマリー・フォーサイス、リチャード・ブーン、ガイ・ストックウェルが好演した。中世のヨーロッパが舞台である。大将軍である兄が陰になって自分を支える弟から剣を突き付けられる。また村人の男の許嫁《いいなずけ》を奪ったために、その男に負傷させられる被害を受ける大将軍を描いている。

その記事を読んだ年配の教員は「懐かしくて思い出深い」と、執筆者へ感慨を漏らした。

「プロレス考」という題の記事では、プロレス観戦の楽しみは近松門左衛門が唱えた「虚実皮膜《ひにく》」と似ている、と自説を展開する。演劇や人形浄瑠璃の面白さは作り物としての「虚」と、本当の出来事としての「実」が表裏一体となっていることを楽しむことにある、と近松は考えた。即《すなわ》ち、プロレス観戦の面白味は虚と実の両方を楽しめるようにならねば味わえない、とその筆者は説《と》く。嘘と真実を見分けながらも同時にそれ等を楽しむのである。

必ず対戦選手が受身をとれるようにしたのである。「岩石落とし」という技《わざ》で並居《なみい》るレスラーをマットに沈めたルー・テーズは一人も負傷させなかった。「岩石落とし（後にバックドロップの名称）」で相手レスラーからフォール勝ちしてもルー・テーズは受身が出来るように投げたのだった。六十一分三本勝負なら二本を相手から奪わねば勝てない。是が非でも二本を取りたければ受身が出来ないように、負傷させれば良いのだが、そのような危険を相手レスラーに与えなかった。必ず受身が充分、出来て怪我をしなくて済むように「岩石落とし」の落とし方を工夫して、加減した。そこには「虚と実」が併存している。

赤や緑の縁取《ふちど》りを施《ほどこ》した白覆面を被《かぶ》り「足四《あしよん》の字固《じがた》め」という必殺技を披露《ひろう》して、対戦レスラーや観衆に恐怖を与えたレスラーにザ・デストロイヤーがいる。本国のアメリカ合衆国では本名のディック・ベイヤーの名前で戦った。エア・スピンも得意技とした。相手を肩に担《かつ》いで頭と足先を自分の手でしっかりと固定して、自身の身体を回す。仕掛けられたレスラーは自分の身体がきつく固定され、痛さの他に眼も回してしまう。ザ・デストロイヤーは技を掛け終ると受身がし易いように、相手を静かにしかも丁寧にリング上に置く。フォールを奪って勝つことだけが目的ならば、くるくる回した後に相手を遠くへ放《ほう》り投げれば良い。だが、そうすれば相手レスラーは受身をとることが出来ずに負傷するだろう。ここにも「虚と実」が存在する。プロレス観戦の面白味はそれ等を楽しむことにある。

手加減をせずに自分だけの勝利に酔う危険極まりないレスラーもいる。アブドゥーラ・ザ・ブッチャーがその一人である。相手レスラーの足を固定して摑んだまま、バックドロップを掛けるので、相手は充分に受身がとれない。またランニングエルボードロップを加減せずに仕掛けて、一五〇キロの巨体を相手の肩から胸に落とす。その結果、NWAチャンピオンのハンサム・ハーリー・レイスに左肩を脱臼させたことがある。その上、ブッチャーはプロレスを単なる「ショービジネス」と位置付ける。フォークや細い象牙《ぞうげ》を隠し持ち相手選手の額や腕を突きまくり、流血試合を好んで行う。「アラビアの怪人」と名乗るザ・シークも同様の選手と言える。

冴えわたった技や試合展開の巧みさ等は二《に》の次《つぎ》である。ブッチャーやシークは職業人としては二流である。ディック・ハットン、カール・ゴッチ、ドンレオ・ジョナサン、吉村道明、それに力道山。彼等は試合巧者でありプロレスを格闘技として高めた。それに反してグレート東郷《とうごう》（バケツで頭を殴る。塩を顔や眼に浴びせる）や、フレッド・ブラッシー（噛み付きと急所打ちが得意技《わざ》）は、プロレスの品格を貶《おとし》めた。

異論があれば大いに語ろう、と記事は締め括《くく》られていた。

そのような記事は学校という教育現場とは相反する場所に位置するだろう。教育の世界では論理的に思考して真実を追求する能力を養う。「プロレス考《こう》」を書いた教員は論理よりも情感的な面白さを優先する人物に思える。そのように鬼塚は考えると、同じ職場に様々なことに興味を抱く人々が働いていることが分かり、価値観の多様性も知ることが出来る。職場が重厚な人間集団の世界にも見える。鬼塚は一人ひとりの貴重な人格が個々の生徒への指導に反映することを願った。

九月中に十一月の日曜日に生徒を引率して行う図書部行事「文学と歴史を訪ねる散策」を、鬼塚は具体化していった。図書部会でその要項を示した。参加教員は提案企画者の鬼塚と補佐役として下山が、それに図書部長の川前が加わった。部会でそのことが承認された。鬼塚は昼の休み時間や放課後に閲覧室へしばしば本を読みに来る生徒を誘ってみた。川前も一つの組に男女一名ずつが務める図書委員という生徒役員に声掛けを行った。図書部長は図書室活動を活発に勧め、読書の習慣化を目標として定期的に図書委員会を開く。

図書部行事が多くの生徒の参加と図書部以外の数名の教職員の参加が見込めるようになった。そんな時に下山から鋭い刃を持つ槍のように、不参加という言葉を投げ付けられた。

「バドミントン部が十一月八日のその日に対外試合があるので、僕、行けません。先生と部長で行って下さい」と、乾いた下山の声は鬼塚を落胆させた。

下山のことに鬼塚は思いを巡らせた。図書部行事の実施日は既に一学期中に設定した。

だから、下山は覚えていた筈である。それに最近の下山による鬼塚への言葉は尖っている。一学期の図書部会で下山は進んで鬼塚の企画に協力することを名乗り出たのだが、何かが下山の態度を変えているのだろう。

「文」発行前に川前は鬼塚に製作の労を犒《ねぎら》ったことがあった。その時、鬼塚は下山の協力振りに苦情を漏らした。そのことを考えると、川前が下山にそのことを伝えたのではないだろうか。川前にとって下山は話し易く、与《くみ》し易い同僚だろう。鬼塚は昨年に図書部へ配置換えがあった時から、部長とは円満な関係にはない。鬼塚と下山がとかく反りが合わないことを一層、拗《ねじ》らせるように仕組《しく》んでいるのではないだろうか。それを楽しんでほくそ笑《え》んでいるのかも知れない。

担任を務めると、放課後も自分の組にいる問題行動を起こした生徒の指導を巡って、多くの時間を費やす。ところが、四月からは担任を外れたので何となく気分を長閑《のどか》に保つことが出来る。社会科の密《みつ》から珈琲という香りと味の世界への誘いを電話で受けた。本館の四階にある密が常駐する社会科準備室が、磁力を持つ岩に変化して鬼塚はその磁力に引き付けられるように感じた。

密は珈琲をこよなく好む。彼が淹れる珈琲は中炒《ちゅうい》りに焙煎《ばいせん》したキリマンジャロだった。深く焙煎すると苦味ばかりが特徴の豆に仕上がる。豆の味が満遍《まんべん》なく抽出出来るのは中炒りらしい。そのような説明を聞きながら鬼塚は味わっていた。

「鬼塚さん、この頃、下山さんの態度、良うあらしませんなあ。時々、この準備室へ来ては他の者に鬼塚さんのことを悪う言うてます。鬼塚さん、気い付けなさいな。大方《おおかた》、川前さんが陰で糸を操ってますんやろ」と、助言しながら、密は酸味がある爽やかな珈琲を旨そうに口に含んだ。

「やっぱり」と、鬼塚は自分の勘が的中したことに妙に頷いた。下山悟郎は社会科教諭で日本歴史が専門である。

密によると「文（ぶん、またはもん）」を製作する時、鬼塚と下山は共同作業の歩調が合わなかった。それで鬼塚が暑い夏休みに出勤して殆ど一人で製作した。そのために鬼塚が下山に対して不満を持ったことを川前は下山に伝えた。

「鬼塚さんには気を付けて。下山さんの悪口を平気で言う人だから」と、陰口をたたいた。密は鬼塚を困らせるために、川前は故意に下山に告げ口をしたのだろう、と自分の解釈を付け加えた。

鬼塚は密の話の内容が真実をもっているように聞こえた。すると、口に含んだ爽やかな味のキリマンジャロが、この上もなく苦味だけを引き起こす粗悪な珈琲に変化したように感じた。

「教えて下さって有難とうご座います」と、鬼塚は心から感謝の気持ちを伝えた。「川前さんに不都合なことを言うたらあきません。注意しないと」と、密は鬼塚の軽率さに警告を発した。鬼塚は下山への対応を考えた。

図書部行事「文学と歴史を訪ねる散策」は十一月八日（日）に実施する。雨天の場合は中止し、順延はしない。一週間の週間天気予報によると大阪は雨になるかも知れない。鬼塚はそれを知ると、参加予定生徒への連絡網を作成して互いに連絡を取り合えるようにした。その表は組の連絡箱へ入れて担任から当該生徒へ渡して貰うことにした。生徒の多くは高校所在地の市内に住む。だから雨天の時は彼等が住む居住地が一様に雨天であり、天気のばらつきはなさそうに思える。

実施日は大阪管区気象台の予報通り、朝早くから細かな雨が鈍い色の空から落ちていた。鬼塚は連絡網に従って一番上に書いた男子生徒四名に電話を掛けて「中止」を伝えた。その時、生徒達が楽しみにしていた行事を止めなければならない残念さを伝えた。それ等の四人の生徒が下に書かれている生徒へ「中止」の連絡をして、一番下の生徒が鬼塚へ電話を掛けると連絡が完成する。だが、一年生の生徒一名からは鬼塚への連絡がなかった。その生徒へ確認の電話をする頃合いを考えていた。程なく川前からの電話を自宅で受け取った。

「今日は中止なんですね。そのことがちゃんと生徒全員に知れ渡っていないね。私の所へ『雨が降ってるので中止ですか』と、尋ねる生徒がいる。もっとしっかり連絡系統を作っておかないと」と、彼女の声は不満に満ちていた。鬼塚には川前が電話口で口元を尖らせている様子が見えるようだった。

鬼塚が作成した連絡網の一覧表には、図書部行事の係は鬼塚であり、自宅の電話番号を載せておいた。図書部長の川前の電話番号は書かなかった。参加者への指示は一人で行う方が混乱を避けることが出来る、と考えた。朝七時の時点で雨が降っている場合は「中止」と、太字体で印字しておいた。だから、一覧表を読んでいるのなら川前へ質問することはない。その生徒はどうして川前へ電話を掛けたのだろうか。鬼塚は不思議さを募らせた。

翌日の月曜日の昼休みに昨日、鬼塚へ連絡をしなかった一年生の男子生徒を職員室前の長机の所へ呼んで尋ねた。生徒は予《あらかじ》め行事について分からないことがあれば川前に尋ねるように、と言われたようだった。

「私は図書部の部長なの。鬼塚さんはただの係よ」と、その生徒は何度も念を押された。だから、連絡網による連絡を他の生徒から受けた時、鬼塚へ電話をせずに前もって電話番号を教えられていた川前へ連絡をしたのだった。それで連絡網が完成した、とその生徒は思ったらしい。川前による不必要な指示がその一年生に不安な心持ちを引き起こさせた、と鬼塚は考えた。

　鬼塚は川前と下山が書庫に居る時間を見計らって、川前による不要な指示を問題にした。

「何を言ってるのか私には見当がつかない。図書部行事では鬼塚さんは単なる係に過ぎなくて、私が責任者。私が図書部長なのよ。何かあれば私が責任を負わされるのよ」と、川前の口元は言い続けることにより益々、尖った。

「何を川前さんは言うてるのか分からない。『何かあれば』と、言うてもそんな危険なことは起こり得ない。危険なことなど起きる筈はないです。あの行事の準備で生徒と深く係わったのは川前さんではなくて私です。散策する場所についてレポート作成の指導と冊子の作成など、生徒と協働しながら深く係わったのは私です。それと特定の生徒に自分の電話番号を知らせて、電話をするように仕向けたのは明らかに間違った指示であると、思いませんか」と、鬼塚は譲らなかった。

「何《なん》なんですか、あなたは。図書部長に向かって平《ひら》が何を言うんです。部長が生徒に自分の電話番号を教えて何が悪いんですか」と眼鏡の曇ったようなレンズを通して川前の眼は怒りに満ちていた。

「それが混乱を起こしたのです。連絡表の一番下の生徒が私に電話をくれれば何も問題がなかったのです。それと先生が私に電話で『全員に中止が知れ亘《わた》っていない。私のところに中止ですか、と尋ねる生徒がいる』と、言ったけど、あれは何ですか。幾ら先生とあの生徒が親しいとしても特定の生徒に『自分の方へ電話しなさい』と、言うたらあきません。他の生徒へ連絡の電話などしたことのない生徒は、少しでも話をしたことのある教師へ電話をするものです。川前先生はその生徒から『中止ですか』と問い合わせがあった時、私へ電話するように付け加えて下されば何も問題はなかったんです。七時の時点で雨が降ってれば『中止』と連絡網に太字で書いてあります。先生には係の指示を守るように言うて欲しかったです」と、鬼塚は念を押した。川前は尚《なお》も鬼塚の指示内容に不備があった、と考えている様子で口籠《くちご》もった。

鬼塚と川前が立ったまま言葉による攻防を行っている間、下山は黙ったままだった。図書部以外の仕事に就く若い女性教員が書庫に入って来た。言い争いの現場を見られたくない、と考えて、鬼塚は椅子に座って机上の仕事に戻った。

その週の金曜日の二時間目は小会議室で図書部会が開かれた。下山悟郎が「文学と歴史を訪ねる散策」を採り上げた。参加予定生徒の行動に混乱があったことを問題視して、真相を質《ただ》した。鬼塚は下山の厚顔さに呆れた。

「半年前の図書部会で下山さんは参加すると言うておきながら、近付いたらクラブでバドミントン部員を引率せなあかんので不参加と、言いましたな。約束を簡単に破っておきながら、図書部行事についてよう質問しますな。道義的に無神経だよ」と、鬼塚は日頃、鬱積した気分を吐き出して下山を非難した。

「無神経とは何《なん》です。分からないから尋ねてるんです」と、下山は鬼塚を睨み付けた。鬼塚は筋道立《だ》てて説明した。下山は不可解な様子だった。

「それでも鬼塚さんが連絡網を作っても不安に思う生徒がいた、ということは真実だし」と、下山は川前に視線を送って賛同を得ようとした。川前は頷いていた。鬼塚は二人が自分に困惑しかもたらさない人物であると位置付けた。

読書感想文の課題は冬休みには課さない。冬休みは長期休暇の中で最も短く、しかも年末年始を含むので読書をして感想文の作成は無理との配慮がある。図書部発行の冊子「読・どっく」の冬休み号は、大阪府下での人権啓発用の図書を読んでの優秀作の感想文を掲載した。図書部恒例《こうれい》の取り組みである。掲載した五つの作品のうち一編は本校の三年生女子生徒による優秀作である。その生徒は人権啓発感想文に応募したい、と自《みずか》ら望んで鬼塚へ原稿用紙五枚から成る感想文を持って来た。鬼塚は生原稿《なま》を読んだ時、その生徒の作品への共感性や人権問題への洞察の深さなどを強く感じた。

但し、原稿用紙五枚を充分、費《つい》やしてより一層、説得力を持たせる文章に仕上げることが出来そうだった。そうするには大掛《おおが》かりな添削が必要である、と鬼塚は考えた。締切りの九月二十日迄には充分、時間があった。それで生徒に日を限って再提出するように伝えた。三年生の女子生徒は翌日、鬼塚へきちんと再考した感想文を持参した。鬼塚が指摘した箇所などは上手に書き直されていた。再提出の期限を守ったことと書き直しに応じたことは鬼塚を頼もしく思わせた。

鬼塚がこれ迄に担任をすることにより接する生徒の多くは期日を守らない。例えば提出する書類に不備があるとする。書き直したり他の書類を添付して提出しなければならないと指示をする。すると、男女に拘らず大半は膨《ふく》れた表情を返す。それで、期限通り提出する生徒はごく稀である。だから、鬼塚はその書類については決裁が出来ずに、机の引き出しに保管することになる。彼等と比べると、翌日に書き直した感想文を提出する生徒は人物がしっかりとしていて立派に感じる。

冬休み号の「読・どっく」発刊と共に冬休みが始まった。就職が内定していたり、推薦入試による進学予定の三年生は寛いだ気分に浸って冬休みを過ごすことが出来る。だが、一月からの入学試験を受ける僅かばかりの生徒にとっては、正《まさ》しく試練であるだろう。一年生、二年生の生徒の多くの学校生活は家庭生活と同じように学習することから背を向け、向学心は緩みきっている。

　年が明けて最初の図書部会で鬼塚は日頃、温めていることを話題として提出した。それは読書感想文は春休みと夏休みの二回、生徒は必ず提出しなければならない、と教員が迫ることだった。一年生の春休みの読書感想文はほぼ全員が提出する。入学する高校なので学校の指示には従うのである。だが、一年、二年というように学校生活に慣れると最小の努力で高校生活を送ろうとする。だから、本は読みたくはないし感想文も書きたくはない。その結果、二年生、三年生の順に読書感想文の未提出者が増えることになる。そのことを防ぐために未提出者には過去に遡《さかのぼ》って提出を促したい、と鬼塚は考えた。それを図書部員全員の一致した考えにしたい、と願った。たたき台として自説を述べた。

「そんなこと、今迄、考えもせずにしなかったたです。しなかったことをしたい、と思うなら職会（職員会議の略。教職員は略称を用いる）の場で議題として審議されないと。可決されれば実施出来るし、否決されれば見送らんといけません」と、川前は下を向いたまま小声だった。鬼塚は腑《ふ》に落ちない。

「それはどうですか。読書感想文は長期休暇中の宿題として本校では定着しています。提出すれば国語の成績に算入して貰っています。だから、それについての図書部の取り組みは一任されていると見做して良いのと違いますか。提出しなかった生徒をそのままこれ迄通り黙認すると、生徒は益々、出さなくて良い、と思うだけ。怠け生徒を創り出すだけです。少しでも本を読むことを好む生徒を創り出すことは全教員の願いである筈です。だから、未提出者に感想文を書かせることは審議題としては馴染《なじ》まないと思いますが」と、鬼塚は流暢だった。

「それと、該当生徒に『きみは春休みの感想文を提出しませんでした。だから、夏休みの読書感想文は二つの作品を読んで必ず二編の感想文を出しなさい』と、係から直接、生徒へ連絡票を渡して指導すればどうですか。そんなことは読書感想文係の専決事項であって職員会議での審議事項ではないですよ」と、鬼塚は冗舌《じょうぜつ》だった。話し終わると暫くの間、沈黙が広がった。

「図書部内で『決』を取って可決したり、否決になったりすると、何かぎくしゃくします。もともと図書部はそんなに角張った校務分掌ではなかった所。鬼塚さんの提案は良いことだから図書部の専決事項でええんと違いますやろか」と、密は鬼塚を後押《あとお》しした。

「密さんはそう考えますが、今迄しなかったことをするのは大きな変化です。ですから職会で審議をして全員で決めないといけません」と、川前は自説を通した。

部内の採決では川前の意見が本人を含めて六人に支持され、鬼塚の考えは本人を含めて四人に留《とど》まった。鬼塚の意見は職員会議で審議されることになって、鬼塚は部会で述べた考えを披瀝《ひれき》することに煩《わずら》わしさを感じた。毎週金曜日の二時間目に開かれる図書部会を悩ましく思うようになった。

ところが、翌週の月曜日に開かれた運営委員会では鬼塚の胸中にある重苦しい鉛のような金属が、一挙に溶けて洗い流されてしまった。運営委員会は各学年主任、各校務分掌長、事務長、教頭それに校長から成る。教頭が議長と委員長を務める。各学年と各校務分掌での懸案事項や行事計画、問題等を持ち寄って話し合う。それに職員会議が能率良く有意義に捗《はかど》るように審議題と連絡事項を種類分けする。教頭は川前が提出した図書部の案件を審議事項ではなく、連絡事項に格下げした。

「したことがないことをするから審議事項と扱って審議していては、幾ら時間があっても職会は前へ進めない。読書を勧めるための感想文の指導は定着していて、本校全生徒への数少ない前向きの指導。怠け生徒を創り出さない指導は大いに結構です。校長先生、連絡事項として全教員で確認すればどうですか。そのように扱って宜しいですね、校長先生」と、校長に許可を要請した。

「部長は不満のようですが、誰ですか。その意見を部内で発案したのは」と、教頭は声が明るかったらしい。そのことを鬼塚は印刷室で密と同年齢の保健部・部長から直接、聞いたのだった。鬼塚は嬉しかった。

「鬼塚さん、嫌なことがあってもしっかり仕事してや」と、保健部・部長の言葉は励ましという力が漲《みなぎ》っていた。

新年が明けて一週間後に三学期が折からの強い風に煽《あお》られた雪の吹き振りと共に始まった。始業式の校長による講話が済み、各係からの諸連絡が終わると、生徒達は渡り廊下を通って各ホームルームへと移動した。鬼塚には始業式会場の体育館と東館の間に植わっている高さが四メートル位に育っている数本の棕櫚《しゅろ》の木が見えた。箒《ほうき》に似た形の葉には雪が積もり緑と白の色合いが鮮やかに見える。

「あらたしき　としのはじめの　はつはるの　けふふるゆきの　いやしけよごと」という大伴家持《おおとものやかもち》の万葉集に納められた歌が、ふと鬼塚の口を突いて出た。それは今年度は担任を務めていないという余裕からだろう。

担当教科の英語の小テストを印刷しようと鬼塚は、本館にあり廊下を隔てて校長室の真正面にある印刷室へ入った。数学を担当する同僚が印刷を終えた後、白紙が混じっていないかを点検していた。鬼塚の方を見た。

「言いにくいことを言うけど、尋ねて良いかな」と、切り出した。この同僚は図書部内は部長派と鬼塚派に分かれ、穏やかな雰囲気が失われている、と或る図書部員の意見を知らせた。川前は転勤を強く望んでいるらしい、とも伝えた。図書部の仕事が心地良くないことが理由だった。鬼塚はその部員が誰であるのか、特定しようとして尋ねた。数学担当者は返事を呑み込んだ。川前は部内を巧みに纏《まと》めることに難しさを感じているのだろう、と鬼塚は思いを巡らせた。

鬼塚が勤める高校の昼休みは四時間目が終了する十二時半から一時十分迄である。教職員は手作りの弁当を自分の席で食べる者が多い。或いは学食の従業員に運んで貰った定食類などを職員室へ取りに行き、自分の席がある教科準備室や校務分掌室へ戻って、そこで摂ることになる。四時間目に授業や打ち合わせ会がない曜日には、学食で早目の昼食を摂る者もいる。十二時半から一時十分迄の決められた昼食時間（一時十分には予《よ》鈴《れい》が鳴る）は全くの保証された空き時間ではない。体調の不調を訴えに担任の所へ来る生徒には、幾つもの質問をして不調の程度を判断する。授業を受け続けるか帰宅を勧めるかの指示を下す。気分にむらがあり、学ぶことを嫌って仕方なしに登校する生徒がやって来る。「帰らせてくれ」（女子の場合は「帰るで」）という虚《うつ》ろな言葉を頻発《ひんぱつ》する。そのようなことに対処するためにも、四時間目が空き時間の曜日にはその時間に早目の昼食を摂るのである。

書庫には鬼塚、川前、下山ともう一人、女性教員の机が二人ずつ向かい合っている。

それぞれの机には本立てが置かれているので、互いの姿は見えない。鬼塚は三時間目が空き時間だった。平常点の一部になる小テストの採点をしていたが短時間、頭を休めようとして鼻をかんだ。

「私は今、食事してるの。そんなとこで鼻をかまんで欲しい。行儀作法を弁《わきま》えない」と、如何にも口元を尖らせて不平を言う声が聞こえた。鬼塚は川前が席に着いていることを知らなかった。それに、三時間目という早い時間に弁当を食べることも思い付かなかった。だが、この場は黙っている方が良い、と考えた。

その時、校内電話が掛かってきた。司書は席を外している。鬼塚が電話に最も近い席にいる。電話は校長からだった。その旨を川前に伝えて受話器を置いた。多くの教職員は自分の名前を告げられれば「はい」などと、電話を仲介した者に返事することが多い。だが、川前はいつものように何ら答えることはない。

「行儀作法がないのは川前の方だよ」と、鬼塚は心中で叫んだ。

「じゃ、そちらへ参ります」と、川前の声はいつになく弾んでいた。数学担当者の話を鬼塚は思い出していた。川前の明るい声を判断すると転勤の話が持ち上がっているのかも知れない、と考えた。

川前はすぐに校長室から戻って来た。表情は晴れやかだった。他校への異動に違いない。

　三学期は生徒指導面では一箇年の仕上げの学期であり、教員にとっては異動、即ち転勤が具体化する時期になる。職員用トイレ、更衣室、印刷室それに学食などで傍目《はため》を気にしなくて良い時は異動について活発な情報交換が行われる。川前の異動は確実な様子だった。

　ガスストーブで暖められた印刷室で鬼塚は小テストの原稿を複写した後、生徒の人数分を印刷していた。その時、家庭科を担当する五十代の女性教員が話しかけてきた。彼女は本校に赴任《ふにん》して二年目であり、日が浅い。川前には同調したくない、とのことだった。鬼塚は一か月程前にその教諭と話を交わしたことを思い出していた。教諭は本校が生徒指導面では生活指導の分野で強く結束して協力し合うものの、学習指導には力点を置いていないことを感じていた。その理由は何かを鬼塚は尋ねられた。鬼塚は教員の傾向として第一に生徒を小馬鹿にする教員が多いことを指摘した。

「どうせ生徒の大半は、世間で言う『その他大勢《おおぜい》よ』。だから、強く学力指導をしても生徒は付いいて来ない」と、考える教員が多い。そのように鬼塚は付け加えた。そう言って鬼塚はそのような教員は一度だけでも学力を向上させるために強力な学習指導をしたことがあるのだろうか。単に授業をこなしているだけでは生徒の学習理解力は伸びる筈はない。第二の理由として「授業が成立していればそれで良い」と、満足する教員が多過ぎるように思える。鬼塚にはその満足は余りにも消極的なのである。

女性教諭は川前に鬼塚の考えをほんの少し伝えたようだった。すると、川前は鬼塚の考えは全く見当違いであり根拠がない、と一蹴したのだった。鬼塚の意見は聞くに値しないとも言ったらしい。

そのことを聞いて鬼塚は川前に穏やかでない感情を覚えた。川前は多分、第一と第二の理由の両方に当て嵌《は》まる教員なのかも知れない。

三月二十日を過ぎて川前は異動の予定者であることが、正式に校長から職員会議の場で報告された。鬼塚は川前が新学期には他校へ移って図書部の席にはいないことを、本人と同じように喜ぶようになった。川前がずっと図書部長であり続けるのならば、これ迄以上に啀《いが》み合うことが予想される。そうなれば鬼塚にとっては少しも有益なことではない。川前が口元を尖らせる不満の口調には辟易する。そんなことに気分が低下すると、仕事に集中することが出来ない。そのように考えると鬼塚は本人以上に他校への転勤を嬉しく思えたのかも知れない。

鬼塚、新しい職務を与えられる

数日後、学年主任、校務分掌長等を決める選挙職員会議が開かれた。図書部・部長の選挙では鬼塚は四十票という圧倒的多数の得票により、教職員から支持された。鬼塚はその多数票に励まされて「別荘」と呼ばれる図書部の評価を払拭《ふっしょく》させたかった。四月一日《いっぴ》に行われた新年度の第一回、図書部会では「生徒に一層、迫る図書部を目指して参りましょう」と、冒頭の挨拶をした。鬼塚がそのように言うなり、密は「ほほー」と、にこやかに笑顔を返して好感を表した。

「今日も私が一方的に話をして、中峯さんはよう聴いて下さった。私の話を聴いてると頭が痛《いと》うなりますやろ。今日はこれ位にして次に会う日を決めまひょ」と、鬼塚は述べた。更なる話の展開を望む表情を浮かべる中峯に、気分を良くした様子だった。やがて、鬼塚は黒い大きな手帖を取り出した。四週間後に会うことにした。

中峯純二は鬼塚鶴一郎と一緒に大きなガラス扉を潜《くぐ》ってホテルの外へ出た。広い珈琲ラウンジ内の調整された温度と湿度が心地良い空間から、現在の季節の空気の中へ放《ほう》り出された。すぐに蒸し暑さが、全身を包んだ。クチナシの白色の花弁が緑の葉に覆《おお》い被《かぶ》さるかのように咲いていている灌木を見ながら、駐輪場へ向かった。

「七月十日を楽しみにしてます、中峯さん」と、鬼塚は言って原付に跨《また》がった。中峯は後姿を見送って阪急今津駅へ向かった。

途中、久寿川《くすがわ》の小さな流れを渡りながら、鬼塚が図書部員として働いた頃の経験談を頭の中で再現させた。仕事に懸ける熱情を思いやった。他の部員との軋轢《あつれき》の中で充分、満足した日々を送ったのかも知れない、と考えた。檜《ひのき》の木箱にその人の姿を閉じ込めて怨念《おんねん》という鋭利な釘を打ち込むらしい。川前ケサ子は鬼塚にとって果たしてそれ程、耐え難い人物だったのだろうか。耐え難さを逆に仕事への活力に変化させて鬼塚は働いたのではないだろうか。川前にとっては鬼塚と仕事を同じくしたことは不幸だったのかも知れない。鬼塚が図書部へ配属されなければ、自己の方針を強く貫いて図書部長の職を穏やかに務めることが出来ただろう。二人は決して同じ校務分掌に所属してはならなかった者同志であったのかも知れない。中峯はそのような中立的な思いに耽《ふけ》った。

七月十日がやってきた。甲子園球場にごく近い大きなホテルで会う約束の時間は、午後二時になっている。四週間前に聴いた話の展開を期待して、草食動物が持つ大きな耳で聞くかのように自《みずか》らの耳を興味で膨らませた。中峯は正午過ぎに着いた。珈琲ラウンジが週替わりで提供するランチを注文した。サービスとして付いている飲み物は食後に供されるように頼んだ。

文学と歴史の博物館で学芸員として勤める中峯は、自分で作った弁当や出勤途中のスーパーで買った弁当を職場へ持って行く。昼になれば自分の席で自分で淹《い》れた緑茶を共にして箸を進める。助手として三人の学芸員と受付係の女性はいるものの、中峯を含めて昼食休憩の時間は、ばらばらにしている。食後は次回の展示に向けて展示物の選択や配置、説明書の文案などを考える。常に慌ただしさという大きくて頑丈な網の中に取り込まれているように感じている。だが、今日はそのような日常からは解き放たれて、穏やかで長閑《のどか》な時間を過ごすことが出来る。今日がくるのを待ち遠しく望んだ。

週替わりのランチは「変わり海鮮丼」だった。大きくて重い丼鉢は縞《しま》のような細い筋が入っている。ご飯の上には若緑色の薄くて細長いアボカドが敷き詰められている。その上には細い刻み海苔《のり》が黒く輝き、本鮪《ほんまぐろ》が食べ易い形に切られて少しずつずらせて並んでいる。白髪葱《しらがねぎ》が如何にも食欲を増すように糸切りされて、きりきりと巻いた形になっている。葱は細く切った後、水に放つときりきりと渦巻きのようになる。そのような下処理を施した具材を載せた丼に中峯は舌鼓を打った。日頃の変化に乏しく味気《あじけ》ない昼食と比べて、この喫茶ラウンジでの食事や喫茶はこの上もない非日常に感じる。その非日常的な情感はあと少しの時間が経過すると、鬼塚により日常に戻されて、過去の或る出来事を覗くことが出来る。中峯はそのように考えると、個人としては決して経験出来ない世界に一人の観客として臨む気軽さが芽生えてくるのを感じた。初めて鬼塚から遠い昔に関わった人物の話を聞いた時に感じた奇異な不思議さは、いつのまにか興味という楽しさに姿を変えていた。

鬼塚は約束の二時を二十分早く現れた。大きな焦げ茶色の皮の鞄《かばん》を携《たずさ》えている。木箱が複数入っているのだろうか、と中峯は期待を込めた。

「ほらほらこれが……」と、言って前回に見せた物と同じ檜で作られた箱だった。川前ケサ子に加えて下山悟郎と梶田育子《いくこ》の魂が入った木箱をテーブルに並べた。

「今日は三人について話したいので木箱は三箱」と、鬼塚は自らを確かめるように蓋に手を軽く添えた。

川前が異動により去った後、新年度を鬼塚は図書部長として迎えて親交を深めるために、図書部の歓送迎会を企画した。川前の他に他校へ移動した女性教諭と新たに二人の女性教諭を他の分掌から迎えることになった。歓送迎会の実施日時と料理の内容を考えた。金曜日か土曜日の夕方に梅田方面で行うのなら多くの参加者が見込める。割烹店よりも洋風料理店の方が好まれるのを鬼塚は図書部会での意見として集めることが出来た。具体的な日時と料理店の設定は鬼塚に一任された。

川前は食べ物の好悪《こうお》が激しい。図書部員にはパスタ料理を好む者が多い。日時を考えた。鬼塚は逓送便《ていそうびん》という大阪府立の学校間での連絡物を配送する手段を使って、川前の転勤校へ都合を尋ねてみた。四月の第三週の土曜日の夕方は川前にとっても参加し易いとのことだった。鬼塚は歓送迎会の案内状をワープロを使って作成し、川前へも逓送便で知らせた。会場となるレストランはイタリア料理店であることを明記した。数日後、川前から出欠票が返送されてきた。「急用が出来て不参加します。皆さんに宜しく」と、小さな文字が添えられていた。

新人を装う同僚

四月の第三週の土曜日の夕方、図書部の歓送迎会は梅田にある「ナビオ阪急」六階のイタリアンレストランで開かれた。鬼塚は幹事を務めて出来るだけ自らが切り出す話の時間は短くして、他の教職員による話題を聴くように心掛けた。図書部の仕事の話題よりも教職員が日頃、職場で感じていることに興味があった。梶田育子が図書部の仕事について意見を述べ始めた。梶田は一年生の担任を務める。だから、一年生の各組男女一名ずつの図書委員から成る一年生図書委員会を自動的に率いる。

「図書部ってどんな分掌か分からずに希望出したら採用されたけど、何だかひどい所ね。一年目は私、新人なので助手のような感じで働くのが当り前よね。だのに読書感想文は一年の全ての組から集めなくてはならないし、図書委員を招集して一年の図書委員会を開いて指導せんといかん。そんなこと一年目の新人が出来る訳《わけ》がない」と、一頻《ひとしき》り苦情を吐いた。小さく盛られたカルパッチョの薄く切られた生鮭に載っている淡い若緑色の山葵菜《わさびな》と青灰色のケッパーを交互に口に運んだ。

　梶田は四十代半ばで教歴も充分ある。図書部へ転部が決まる以前に既に新年度は、担任を務めることになっていた。梶田は国語を担当する。だから、国語科から数人を各学年へ担任として送り出すのである。

　教歴が充分ある教員はどんな仕事でも熟《こな》せるように努力しなければならない。梶田は一年生の図書委員会の責任者でもある。その委員会がどのようなものであるのかが分からないのなら、三年生、二年生の順に開く委員会に立ち会えば様子が分かる。図書室の利用方法や読書の啓発等のポスター作りも委員会の活動に数えられる。それ等を学んでから委員会を招集すれば良い。鬼塚はそのように考えて梶田に助言した。他の図書部員は黙っていた。

「まあ、図書部って鬼塚さんに牛耳《ぎゅうじ》られた所なのね。鬼塚さんが所有者の『別荘』とは聞いてたけど、本当なのね」と、梶田はその場を静観している参会者を見回した。密は苦笑とも健康的な笑いともとれる表情を浮かべた。鬼塚は川前が去ったかと思うと、今度は梶田がやって来た、と感じた。梶田がどのような振る舞いをするのか見届けたい、という興味が地下から勢いよく湧き出る泉のように溢れ出した。

　梶田の席は川前が座っていた席であり、鬼塚から見ると斜め右前になる。そのことも鬼塚にとって梶田とは川前と同じように仕事上の対立が避けられない人物になるのかも知れない、との思いを募らせた。

　梶田は図書部での新任という事実を盾にして、鬼塚へ攻撃の剣を向ける人物だった。鬼塚よりも二歳年長であることも梶田には有利だったのかも知れない。図書部の教員が熟《こな》す幾つもの仕事を拒《こば》んだ。「本校の教員は仕事を抱《かか》え込み過ぎる」というのが持論だった。一箇《いっこ》学期間に一回は招集する一年生の図書委員会を一度も開かなかった。鬼塚が助言した「他の学年の図書委員会に出席して、その様子を見ること」は生かされなかった。放課後には輪番制により回ってくる生徒や教員への図書の貸し出しや返却業務も逃れた。鬼塚はその都度、注意を喚起しても梶田の耳には届かずに頭上を掠《かす》めただけだった。図書部会で梶田の図書部員としての仕事振りを鬼塚は指摘して改めることを求めても、何ら変化は起きなかった。図書部員としての仕事を忌避《きひ》する人物として教頭や校長へ報告することは容易だった。もし、簡単に管理職に知らせるとまず教頭から梶田に指導が入る。梶田はいわゆる「逆ギレ」を起こして鬼塚を非難するかも知れない。喚《わめ》き散らして不平を全教職員へ伝えることが予想される。それに校長からは鬼塚による梶田への対応が適切でない、との評価が下される怖《おそ》れもある。鬼塚は梶田のことを考えて数日を過ごした。

　五月初旬の連休後のことだった。本館一階の職員室にある図書部の連絡棚からいつものように鬼塚は、分厚い書類の束《たば》を図書室へ持って上がった。国語科の回覧が入っていた。授業中の梶田の机上へそれを置いた。すると、梶田の机上にあるB５用紙の半分の大きさの印刷物が鬼塚の眼に留まった。親睦会の参加・不参加票だった。下山悟郎と今年、図書部へ転部した女性教諭と司書の出席票だった。親睦会の幹事は梶田になっている。梶田が鬼塚へは知らせずに図書部員を集めて独自の親睦会を開こうとしている。分派行動であり、図書部という十人から成る小さな組織を揺るがしかねない。鬼塚は梶田に対して穏やかさを失った。不穏《ふおん》な気分を抱いてまず、教頭へ梶田の仕事振りを是正することを促す注意を発して貰えることを願った。

　数日が経ち教頭に案内されて鬼塚は、校長室で梶田について報告するように求められた。校長は鬼塚の説明に上体を乗り出して、聞き耳を立てた。鬼塚は梶田が図書部員として果たさなければならない仕事を怠け、鬼塚の助言にも背を向けていることを説明した。

「分別がありませんなあ、梶田さんは。分会長《ぶんかいちょう》（労働組合の本校での責任者）に気に入られようと、そんなことやってまんねんなあ。下りませんなあ、梶田さんは。分会長に励まされて、本校での教職員が抱《かか》える仕事の見直しを分会に報告したいんやろ。大学受験用の学力指導をろくすっぽ出来んのになあ」と、校長は落胆気味だった。「梶田さんのこと、よう見といてや。今のままでは具合いの悪い人やから。梶田さんその人は組合の活動家にはよう成らんやろ。そんなに切れる人やないから。ただ、負けん気が相当強いから歳下のあんたから色々、指図《さしず》されるのが嫌なんや。そんで、あんたが創り出した図書部の色に染まるのを良しとせんのやろな。困った図書部員ですな。そやけどな、鬼塚さん、あんた負けたらあきしまへんで。弱いとこ見せたらあかん。あのような教員は弱いところに付け込むのが得意や。負けんようにな。それに彼女に同調する図書部員が増えんように注意してや。しんどい思いをあんたにさせるけどな」と、鬼塚を励ました。

校長は梶田への鬼塚の対応振りには不具合があるとは考えていない。校長室を出て教頭席へ向かう時、教頭も鬼塚に背中を押すような言葉を発した。鬼塚は二人から勇気付けられていることを知り、梶田への蟠《わだかま》りが少しは緩《ゆる》むのを感じた。

鬼塚は梶田について校長が人柄と行動をよく知って見抜いていることに驚きを隠せなかった。同じ校務分掌で働き、同じ部屋に仕事机を持ちながら、自《みずか》らは梶田を充分、理解しているとは言い難い。管理職という頂上に務める校長は眼下《がんか》に各教職員を見下《みお》ろして、全員を熟知しているのだろう。

梶田は昨年度末である今年の三月末迄は保健部に属していた。鬼塚は保健部での仕事振りに興味を持った。分会長も保健部に所属するものの、まだ日が浅い。そのような状況の下《もと》で二人は親密になったのかも知れない。

十一月の中旬頃からは朝夕がめっきり冷えるようになった。例年よりは寒さの訪れは早い。東西に長く延びる中央館と本館に挟まれた中庭の東端には、メタセコイヤの巨木が立つ。既に茶色に色付いた葉の一部が強い風に煽《あお》られて頻りに地面に、サラサラと軽い音を立てている。その様子はフランツ・P・シューベルトによる歌曲集「冬の旅」の中の「菩提樹」でのピアノ伴奏前奏部を思い起こさせた。鬼塚は落葉を踏み拉《しだ》きながら中庭を通って保健室へ入った。

幸《さいわ》い三床《さんしょう》あるベッドには生徒は一人も寝ていない。保健体育を担当する五十代の保健部・部長は「このような時は珍しい」と、説明した。先週は補導職員会議で原付窃盗を行った生徒について審議した。その男子生徒は犯行当日の朝の一時間目から放課後迄、途中、目覚めることなくずっとベッドで熟睡した。夜通し民家にある盗むことが出来そうな原付を物色したために、睡眠不足による体調不良が原因だった。

「当り前や、鬼塚さん。皆が寝てる時に眼を光らせて原付を窃盗したんやから。睡眠不足で体調不良になるわな。そんで（それで）勉学は面白ないし授業に出とうない。そのうち気分が悪うなる。そやから保健室へ行こ。あそこやったらベッドで寝れる、となるんや。そんな生徒も儂等は保健室で面倒、看やなあかん。どっか（どこか）、間違《まちご》うてへんか。どない思う、鬼塚さん」と、保健部長は畳みかけるように尋ねた。鬼塚は首を縦に振った。

保健室を訪ねた目的を鬼塚は思い出したかのように、昨年度迄の保健部での梶田の仕事振りを話題に選んだ。すると、部長が答える前に白衣を着た五十代の養護教諭が、割って入り意見を述べた。梶田は労働者としての権利意識が強く、働くことに楽しさや充実感、使命感を求めようとしない人物である、と評価した。それを聞いて部長は言おうとすることを養護教諭が代弁した、と苦笑した。

「儂はこの学校で保健部の部長として生徒と教職員の健康管理を担《にの》うとんねん。ずーっとな。そやから分会長が保健部の在り方について意見を言うて、もっと仕事を少のうして軽量化を提案して梶田が応援しても儂は反対や。あの二人の言い分は根本的に間違《まちご》うとる。生徒一人ひとりに向き合《お》うて成長期の生徒に対応せんとな。生徒は自主性を引き出してやらないかん、と分会長はそう言うて息巻くが、それは違う。生徒一人ひとりの状態に応じんとな。生徒の中には大人しくて自分の体調の変化を自分でうまく、はっきりと言えん生徒がいる。そやから、儂等、保健部・部員から生徒に応じて体調の変化等を聞き出してやらんと」と、部長の言葉は明瞭だった。それに「教育は」と、言ってから「教員は」と、言い換えた。

「どの職業もそうやろ、と思うけどな、年齢がモノを言う部分があるやろ。そやから、分会長が儂に対して仕事のことで文句を言うたら、梶田が加勢しよったけど儂は蹴散らしてやった。『あんたらの考えでは保健部は務まらんで』と、な」と、部長は言って自分で注いだ緑茶に手を伸ばした。鬼塚へは養護教諭が茶を淹れた。梶田という女性教諭の人物像が鬼塚は描くことが出来る、と考えた。

鬼塚が働く学校とは凡《およ》そ六十人が勤める一つの組織体である。だが、教える教科が異なったり担当する学年や校務分掌が同じでないのなら、お互いの仕事内容が見えなくて人柄も分からない。かつて鬼塚は民間会社に勤務する友達から聞いたことがある。親睦会で親しく言葉を交わせるようになった社員同士が、名刺の交換をしていたそうである。同一会社に勤めていても名刺を受け取らなければ、相手が分からないのである。高校もそのような会社と同じようなことが言えるのではないだろうか。

勤務時間に反対運動する二人

寒さと共に職場は新年度の組織作りや新入生の受け入れ方を検討する時期がやってきた。本校の教育方針を礎《いしずえ》にしてその上に具体策という家を建てることになる。一か月後には四月からの新年度に向けての選挙日も控えている。校務分掌長の選挙については「立候補」も認められている。一人だけが立候補するのなら、「信任」か「不信任」のどちらかに投票することになる。立候補者がいなければ全員の中から投票で選ぶことになる。鬼塚は図書部長を新年度も続けたい、と望んで立候補することにした。

選挙が一週間後に迫った時、鬼塚は二人の同僚から教員の動向を示す情報を得た。一人は理科を担当する女性教諭ともう一人は書道を教える男性教諭だった。二人からの情報には共通する内容があった。鬼塚が図書部長に立候補したことを批判して、自分達が行う反対運動への賛同者を得ようとしていることだった。鬼塚は仕事上、孤立しているので図書部長としてふさわしくない、とのことだった。鬼塚はそのことを聞いた時、二人の反対者の批判内容が的《まと》を射ていない、と強く感じた。

「梶田さんと下山さんが相当数の教職員に働きかけて暗躍してる」と、情報の提供者は異口同音《いくどうおん》だった。鬼塚は梶田と下山の姿を思い浮かべて「ふん」と、軽く鼻で冷ややかに笑った。

「お前達はろくすっぽ仕事をせずに文句だけを言うために勤めとるのか」と、心の中で吠えた。

梶田と下山は図書部員である。その図書部員が鬼塚の見えない所で、気付かない時間に批判と悪口《あっこう》を吹聴《ふいちょう》することは、それなりにある程度の効果はあるだろう。そう思うと選挙結果を想像するようになった。一部の教職員の陰口、「図書部は別荘、温泉」を振り払って仕事を遂行していることが鬼塚を支えている。図書部には十名が働く。信任票は何人位が投じるのだろうか。具体的に票数を数えた。司書の女性は中立の白票《はくひょう》だろう。教員と異なって他の部へは移ることが出来ない。府立の高校に採用される時に実習助手という職種で就職した。司書補という資格なので自《おの》ずと配属は図書部に限られる。だから、鬼塚が新年度も部長であり続けても、他の教員が選ばれても、どちらでも良いだろう。密は自分を支持するだろう。隣の席にいる女性教員も支持するだろう。鬼塚へ仕事上の助言を頼りに求めては頷くから。だが、梶田と下山は鬼塚がいない時や聞こえない所で彼女に相当、悪口を振り撒いていることが容易に想像出来る。毎夜、保育所へ通う次男を寝かし付けた後、選挙の日を考えてそのようなことに思いを馳せるのだった。

「学年主任の選挙が終わって三名の方が決まりました。ですから、その先生方は校務分掌長には選ばれません。兼任は出来ませんから……」と、議長は会議室の最後尾迄よく聞こえるように声を響かせた。

「では校務分掌長の選挙に移ります。始めに図書部長の選出をします。一名の立候補がありますから『信任』『不信任』のどちらかに丸印を打って下さい。両方に丸印を打つと無効として処理します。どちらにも丸印がない票は白票と見做します。『信任』『不信任』は単純多数決により決めます」と、議長は説明した。菓子箱の底蓋《そこぶた》を投票箱に見立《みた》てた箱を、選挙管理委員が持って歩いた。議長団に近い席に着いている鬼塚は、怒りを込めて投票箱へ信任票を入れた。

開票の結果は信任票が三十六票、不信任は十一票、白票七票、無効二票だった。不信任票は梶田と下山による反対運動に共鳴した者によるものであるだろう、と鬼塚は判断した。白票は二人の考えに消極的に賛同したのだろう、とも考えた。そのように考えると二人に向かって、矢の先に火を付けた火矢《ひや》を放ちたくなった。

「議長」と落ち着いて挙手をした。議長は鬼塚の挙手に不可解ながらも「はい、鬼塚さん、何でしょう」と、小声で応じた。

「皆さんに聞いて戴きたいことがあります」と、窓側とその反対側の廊下側後部に座る梶田と下山を交互に見据えて、二人の鬼塚に対する言動を話題にした。

二人は授業の空き時間を利用して様々な教科の準備室を訪れ、鬼塚が図書部員から孤立していることを執拗に訴え続けた。図書部長として失格であることを付け加えた。選挙職会では必ず「不信任」へ投ずるように依頼した。そのことを紹介する鬼塚は穏やかな口調だった。

「梶田さんと下山さんは自分の授業のない時間を見計《みはか》らって、私の悪口を言い続けたけれど、そんな行為は許されるのですか。空き時間と言っても、それは勤務時間です。授業の時間がないだけです。勤務時間は校務分掌の仕事をしたり生徒の学力を高める小テストを作ったりする時間です。ですから、二人は服務に違反してるのです。仕事をせずに怠けては私の悪口を言いふらすことに精力を傾けたのです」と、結んだ。梶田と下山の二人が鬼塚に責められることを予期せずに目を逸らして係わろうとしない、と鬼塚は判断した。再度、立ち上がって発言した。

「梶田さんが図書部でどんなことをしているか、今日が良い日なので先生方に知って貰いたいのです」と、前口上《まえこうじょう》を置いた。梶田の日頃からの怠け振りを説明した。梶田は退席した。

「下山さんの仕事振りは」と、鬼塚が続けようとした時、教頭が遮《さえぎ》った。

「鬼塚さん、もうええ。先生の気持ちは充分、分かった。そやから、それ以上はもうええ、言わんとき」と、制止した。校長も教頭に加勢した。

「私もこんなことは経験したことがありましてな」と、教頭が切り出した。

「私は進路部長の時、他の進路部員からは浮かび上がりましてな。総《そう》スカンを食らいました。他の部員はしっかりと仕事はせなんだ。だから、私はこう言うのは何《なん》やけどひたすら仕事に励みましてな。幾つもの大学の入試課の長《ちょう》と懇意になって、指定校推薦枠《わく》を新たに貰《もろ》うたり広げて貰うたりしました。生徒の夢を一人でも多く叶《かな》えてやりたかったので。他の部の同僚からは『進路部営業部長』とか『一人進路部員』と、揶揄《やゆ》されました。それから、教務部長の時は、内規を自分勝手に拡大解釈して都合の良いように曲解《きょっかい》する連中からは嫌われました。融通が利かない『教務官僚』と呼ばれたものでした。だから、職場は少しでも穏やかな状態で働ける所にしなければなりません」と、場の雰囲気を宥《なだ》めようとした。

校長が手を挙げた。

「私は老婆心から言うておきますが、心の痼《しこ》りをどうか残さずに今後も仕事をお続け下さるようにお願いします」

下山は鬼塚による仕事上の在り方について逆に非難されたことへの自己弁護することを望んだ。もしするのなら、鬼塚はそれ以上の反論を企てようと考えた。だが、議長が選挙職会（職員会議）を治《おさ》めた。

「選挙職会が脱線したので元に戻します。では予《あらかじ》めくじで決めた順番通り、次は教務部長の選挙を行います」

鬼塚はこの選挙職会の場で下山が自分に対して反論しないことを知って、むしろ落胆を覚えた。途中退席した梶田は自分の言動に責任を取れない人物と見做して、同じ図書部員として貧弱な評価しか出来ない、と考えた。

翌月の三月末に梶田育子と下山悟郎は他校へ異動になった。同一校に居合わせない方が良いとする校長の速断によるものだった。その二年後、鬼塚は異動した。同じ職場での勤続が十三年に及んだからだった。

鬼塚にとって図書部での仕事は思い出深くて懐かしい。推薦図書と推薦文を教職員から募る。推薦文を読んで生徒はどの作品を選んで読書感想文を書くかを決める。提出された感想文を推薦教員が評価する。また図書部主催で鬼塚が企画した「文学と歴史を訪ねる散策」も生徒にとっては交通費は自費ではあるが、興味を掻き立てた。

鬼塚は転勤先の高校では生活指導部、進路部それに教務部を経験した。図書部という独立した校務分掌はなく、教務部の中に図書室係が置かれているに過ぎなかった。司書を含めて三人が図書室に常駐した。司書に請《こ》われて鬼塚は書庫の中に机を持った。学校を挙げて読書感想文を生徒に課して本を読ませるという必要性を強く感じる教職員はいないようだった。それに「文学と歴史を訪ねる散策」のような行事に興味を見つける生徒もいなかった。授業のない日に交通費を自分で負担して見知らない所へ出かけることに、面白味を見つけられないようだった。

同一校勤続十年以上の教職員は優先して職場を異動させる、とする大阪府教育委員会の方針は充分に生かされてはいなかった。二十年以上や二十五年以上、働き続けている教職員がいた。二人による批判や陰口が横行《おうこう》しなければ、彼等が同時に他の職場へ転出した後もずっと、あのまま勤め続けられただろう。彼等に賛同した者が職場にいる限り、鬼塚にとって心安らぐ職場環境とは言えない。「同一校勤続十年以上の者は……」という方針と、職場環境という二つの事柄を校長は勘案して、二年後に鬼塚を転出させたのだろう。もし、鬼塚が転勤せずにそのまま働き続けることが出来たのなら、図書部という樹木に大きくて沢山の色鮮やかな果実を実らせたかも知れない。そんな予測を今尚、立てることが出来る。

「あの二人が私のその後の教員生活を味気《あじけ》ないものにしよったんや。許さんぞ」と、鬼塚は二十五年程昔のことを思い出して、その記憶を生々しいものにしている様子だった。

中峯は今日のように鬼塚という初老を過ぎた男性に興味を持った。その世界を覗こうとして鬼塚が語る思い出話に聞き耳を立ててきた。その中でも今日の話は壮絶に思える。自分の仕事という小さな世界では起こりそうもない。博物館の学芸員として働き続けてもう三十三年になる。三人の助手に支えられて一人の理事長の仕事上の意向を受け入れながら、働いている。自らも理事長に意見や具体案を述べてかなりの部分を、聞き入れて貰っている。三人の助手は学芸員という資格を持っているものの、主席学芸員の自分に対して対立意識などは持っていないだろう。中峯の見えない所や聞こえない所で、自分に対して誹謗《ひぼう》中傷などを行っているとは思えない。三人の女性とは年齢がかなり離れているからかも知れない。理事長は中峯より十歳以上年長であり、自分との間には蟠《わだかま》りはないように考えられる。自分の職場と比べると鬼塚と同僚が作り出した世界は全く異質であり、極めて歪《ゆが》んだものだろう。

中峯にとって鬼塚は中峯が経験し得ないことを体得した人物に思える。四十歳を過ぎた頃に同僚による突き上げを真正面で受けた後、不本意に転勤を強いられた。転勤しても決して自分を甘えさせることなく、熱心に職務を遂行しただろう。

初めて鬼塚により檜《ひのき》の箱を見せられた時は、それが何を意味するのか想像は出来なかった。木の箱の中に鬼塚の記憶の中に住み続ける人物とその魂が存在することなど、考えが及ばなかった。

「今度、中峯さんはいつこのホテルへ来なさる」と、鬼塚は木箱を大きな鞄に戻しながら尋ねた。中峯は即座に三週間後の木曜日と答えた。その日はホテルにすぐ近いY珈琲が珈琲豆を特売する日である。珈琲を特に好む中峯は三年前にY珈琲の阪神店が特売日を設けているのを知ってからは、仕事の都合を付けて焙煎した豆を買っている。

鬼塚との出会いに望みを託す中峯純二

翌日から中峯は次回の展示に向けて準備し始めた。展示物の説明文を書こうとして歴史事典等を紐解《ひもと》いて、文案を考えた。昼の休み時間には次の機会に会う鬼塚鴇一郎が持ち出す話の内容を想像することに、楽しさを覚えるようになった。前回は深刻であって鬼塚の一生の仕事である教職の在り方を左右するものであった。次回はそれとは違って少しは前向きで鬼塚の内面を豊かにしたものだろうか。同僚との人間関係や教職からは離れた趣味の世界や、日頃、楽しんでいるようなことかも知れない。そのように中峯は想像の帆をいっぱいに膨らませた。

中峯が鬼塚と甲子園球場にすぐ近いホテルのラウンジで初めて会って以来、その日は初めての雨の日だった。雨粒を沢山振り払って深緑色の雨傘を畳んだ。芳香が漂う広いロビーの奥近くにあるラウンジを目指した。そこは雨の日でも外光を採り入れた明るいロビーとは対照的で屋外からの光は届きにくい。沈んだような照明の中にある空間になっている。鬼塚が大きなガラス壁で仕切られた席でうつ向き加減で座っているのが見えた。

「鬼塚さん」と、声を掛けた。「うっ」という声と共に眼を開いた。

鬼塚はしばしば心が萎《な》えるような話をしていることを詫びた。

「今日は明るくて前進出来る話をしたくてね。聞いて貰ってる中峯さんの心を凹ませてばかりでは申し訳ない」と、口元が緩んだ。鬼塚の表情は天井からの一筋の縞のような光を受けて一瞬、輝いた。

中峯は眼前の七十歳近い男性と共にゴム毬《まり》を軽く投げ合って、運動をしたくなるような心の弾みを感じた。

「ほらほら、これが静拓男《しずかたくお》さんの姿だよ。私を高校の教員への道を開いてくれた人物の姿だよ、魂だよ」と、鬼塚は木箱の蓋を取ってから側壁の木部《もくぶ》を外した。自分で覗き込んで笑顔を浮かべたが、中峯には何も見えない。中峯は鬼塚が人の名に「さん」付けしたことに、何か良い心模様を感じた。

「この静さんはね、私にとって……」と、語り始めた。

鬼塚は大学院の修士課程を一年多い三年を費やして修了した。二年目の夏休みの期間に大阪府の教員採用一次試験を受けて合格した。合格者に対して十月に行われた二次試験の面接は、鬼塚が予期しなかった内容になった。

面接試験は主査と副査が行った。主査は六十歳代、副査は五十歳代始めに見えた。

「きみは今、修士課程二年目だな。来年、卒業すればそのまま本府《ほんぷ》の高校で働けるが、一年余分に在籍するんだな。そしたら卒業は再来年の春だ。だから、来年の春では高校の教諭にはなられん。だから、非常勤になりたまえ。非常勤講師なら働ける」と、高圧的だった。

「今は修士課程の二年目でもう一年残りますが、定時制（夜間）を希望しています。そこでは大学院を修了していなくても教諭として勤めることが出来ると聞いています。既に学部、大学は卒業していますので」と、鬼塚は予備知識を披瀝した。

「きみは来年の春はまだ卒業出来ないじゃないか。そやからきみが出来るのは非常勤講師だ。非常勤だ、アルバイトなら出来る」と、細身で神経質そうな主査は繰り返した。

鬼塚は再度、希望を述べた。すると、横に座る副査が鬼塚を見た直後に主査へ小声で伝えた。

「受験者の言う通り、定時制なら修士課程を修了していなくても教諭として本採用出来ます。大学を卒業してますので」と、その声は遠慮がちだった。

主査は大学院生には「修了」と言う語を使って、学部生の「卒業」と区別していることとを知らなかった。

　鬼塚は望まない方向に事態が進むのではないかと感じた。暗雲が眼前に立ちはだかった。翌日、大学の就職課・課長へ相談に行き、面接状況を詳しく伝えた。静拓男課長は鬼塚の学部での成績をよく知っていた。

「ところで、きみに面接した二人の名前知ってるか」と、尋ねた。二人の試験官の机上には名札はなく、自分達の名前を受験者へ知らせることもなかった。

「そうか。それにしてもその面接官の考えはどうかな」と、静は鬼塚に好意的だった。

「早速、明日、府教委（大阪府教育委員会）へ行って質《ただ》してくるから、明後日、儂のところへまた来てくれるか」と、鬼塚には就職課・課長は頼もしく思えた。

　当日、鬼塚は一限目にイギリス人の小説家について授業担当教官と院生に発表を行うことになっている。日本での滞在中に大学の教官や報道陣と交わした対談等を通して、自身の作風や今後の抱負について鬼塚が調べたものを発表する。その後、院生からの質疑に応答して最後は教官からの評価を下して貰う。そのように考えて自分の発表に影響が出ることを防ごうと、相当早くに就職課長を訪ねた。

「きみのことを面接官はよう知っとったで」と、静の言葉は鬼塚を励ますかのような響《ひびき》があった。

「何も問題ないで。あんた、希望通り教諭で定時制で働ける。定時制と通信制は希望者が全日制と比べたら遥かに少ないから、希望したら叶えられ易い」と、静は続けた。

静に応対した人物は五十代の面接官だった。鬼塚に命令口調で偏《かたよ》った指示をした面接官は、彼に見当違いを指摘されたとのことだった。鬼塚は雨雲を下から突き破って太陽の光を浴びているような気分になった。図書館の最上階にある院生用の教室へ一時間目の発表の内容を考えながら、エレベーターで上って行った。

静拓男は大阪府立の高校に長年勤めて、校長として定年退職した。その後、大学の就職課長を務める。高校での管理職を経験したので府教委には知人が多くて、意思の疎通が図り易い。鬼塚の面接官との行き違いは、そのような管理職経験者だったので処置が迅速で、的確だった、と鬼塚は感謝の気持ちを強くした。大学の学部生や院生が教職を目指す際には、効力のある助言や指示をすることが出来る。

鬼塚は学部生とは別棟の教室である図書館の院生の教室で演習を受けたり、図書館の閲覧室等で研鑽に余念がなかった。

「採用されてどのような高校で働くことが出来るのか」。そんな思いと望みが毎日の生活を動かしていた。

その頃は学部の学生や院生への個人的な連絡は、事務局前にある掲示板にカード状の紙を貼り付けて知らせていた。詳しい内容は一切、書いていなかった。鬼塚は大阪市内の家から通学していたものの、通学する必要がない日々が続くことがあった。十一月の中旬のこと、就職課長から自宅へ封書が届けられた。

「授業がなくて貴殿《きでん》は大学に来ていないようなので、書簡にて連絡。きみを北摂《ほくせつ》（大阪府北部の地域名）にある私学の進学校が雇いたいと、意思表示がある。無論、学業に支障を来《きた》さないように労働時間や時間割は配慮するとのこと。希望するのなら話を進めるが。ただ、小生が気になるのは、貴殿がその高校を望み、高校が労働状況に配慮しても全日制の学校なので、貴殿が望むようになるかどうか。進学校なので学力保証の点で、仕事は過酷を極めるかも知れぬ。貴殿はあと一年と数か月間、修士で研鑽せねば。午後一時から勤務して九時過ぎに仕事を終える（形式だけかも知れぬが）定時制に向いてるが。だから、特に貴殿に勧めないが。まあ、待ちましょう。府立の高校から話があるかと」と、結ばれていた。私学の高校名が添えられていた。

就職課長の具体的に指摘する親切さに感謝すると共に鬼塚は、彼の意見に従って待つことにした。

数日後、府立高校の校長から電話を受けた。

「定時制を希望とのこと、うちはどうですか」と、明るい声が受話器から零《こぼ》れた。

定時制で働き始めて、鬼塚は静就職課長が文面で「まあ、待ちましょう」と、書いたもうひとつの別の意味が分かるように感じた。府立学校と私立学校の違いには様々なものがある。研修制度の充実、学校施設の現状それに福利厚生制度などを考慮すると、やはり府立高校の方が働き易いのかも知れない。

例を挙げることにする。備品《びひん》として扱われる長机、椅子、棚等の予備品は府立高校では倉庫や物置という名称の部屋や施設で大切に保管される。大抵の府立高校は敷地が一万坪前後はある。校地に余裕があるからそれ等の施設を建てたのではなく、学校運営上、必須であるとの位置付けをしているからだろう。だが、私立の高校ではそれ等が設けられていない所が、かなりの数に上《のぼ》る。校舎のすぐ外に数本の柱を立てブルーシートを張ったり、テントを立ててその中に、体育祭用の長机や椅子を積み上げる。端目《はため》には雨風を辛《かろ》うじて凌いでいるように見える。

研修制度においても取り組みは公立の方が、活発に実施されているように思える。鬼塚は英語を教える。夏休みや春休みには地下鉄（現在の大阪メトロ）我孫子《あびこ》駅から北東方向に位置する「大阪府教育センター」等で研修を頻繁に受講した。講師は府立高校に勤める外国人教員や日本在住の英語圏出身者だった。与えられた二葉《によう》（二枚）の写真を用いて、十五分位の英語劇を創作したことがある。短い劇なので結末はオチを作るのが面白かった。外国人観光客が興味を覚えるように、特定の日本の観光地についての観光案内書を作成したこともある。作成後はグループ毎に発表して他のグループから評価を受けた。ワークショップと呼ばれるそのような研修は、全て英語で行われた。研修を実施するには多額の費用が嵩んだことだろう。

大阪府立の高校で六十歳定年を迎えた鬼塚は、私立の高校では非常勤講師として働いたことがある。だから私学での教職員の勤務形態は充分、見たに違いない。教員間で研修を受講して「英語力を増進させるのに貴重な経験をした」などという言葉は聞いたことがなかった。教頭席の近くの黒板に教員名と研修による出張を表す連絡事項を見たこともなかった。

「まあ、待ちましょう」という静による助言が、涼風を連想させる夏の風鈴《ふうりん》のように心地良く鬼塚の聴覚を、現在でも刺激する。

終章〈ほらほら、これが私を高めてくれた人だよ〉

「中峯さん、これが小早川楓《こはやかわふう》さんの姿だよ、見えるだろ」と、鬼塚は木箱の中をいつものように見せた。中峯には何も見えない。

小早川は鬼塚より五歳年少の同僚だった。音楽を担当した。専門は声楽でありドイツ、オーストリアのロマン派の作曲家による歌曲を得意とした。現在でも大阪・心斎橋筋《しんさいばし》のすぐ近くで友人との共同出資により設立した音楽院で教鞭《きょうべん》をとっている。

鬼塚が六十歳の定年を三年後に控えた頃、小早川は夏休みの八月初旬にリサイタルを、厚生年金会館小ホールで催した。ロマン派の音楽家、シューベルト、シューマンそれにボルフから合計十八曲を選んだ。シューベルトから九曲を歌ったが、ピアノ伴奏は鬼塚が受け持った。シューマンとボルフの作品は他の高校に勤める女性の音楽教員が伴奏を担当した。鬼塚が小早川からピアノ伴奏を依頼された後、当日迄、十一か月の間、それ等の九曲の伴奏を暗譜出来る迄に練習した。その間、依頼されたことをずっと光栄に思った。演奏当日には音楽大学で助手を勤める小早川の娘が「譜面捲《めく》り」を務める。だから、暗譜することは強制されないのだが、暗譜する位、ピアノを弾き込んだ。

その時の伴奏した曲を懐かしく語った。一曲目「音楽に寄せて」、二曲目「糸を紡《つむ》ぐグレートヘン」、第三曲「鱒《ます》」、第四曲「春に」、第五曲「春への信仰」、第六曲「郵便馬車」、第七曲から九曲は「セレナード」「菩提樹」「鳩の使い」だった。それ等の中で「鱒」と「菩提樹」のピアノ伴奏を特に鬼塚は好んだ。「鱒」では前奏とそれに続く歌の部分の伴奏は鱒が清らかな流れを自由に泳ぐさまを音で活写する。「菩提樹」の前奏は折からの冬風を受けて菩提樹の木の葉が、舞い散る光景を音で巧みに描く。

舞台袖の奥に繋がる光が届かない所から、小早川という音楽科教員であり声楽家の後を、数歩遅れて歩み出した。天井から降り注ぐ光を受けた舞台と光が充分にない所とが作り出す境目《さかいめ》を、跨ぐようにして漆黒《しっこく》に輝くグランドピアノへ向かった。四百人もの聴衆の前でピアノを奏でるのは初めての経験になる。ややもすると気分が高揚して落ち着きを失いがちになるものだが、鬼塚は安定していた。この日のために十一か月間を費やして九曲の伴奏を暗譜出来る迄に弾き込んだことからくる落ち着きに身体が包まれていた。自信の他に眼前のフルコンサート用のピアノにも恵まれている。鬼塚が好むオーストリア製のベーゼンドルファーである。アメリカ合衆国製のスタインウェイのような派手で華やかな音色は放たないが、大層、緻密《ちみつ》な音を奏でる。小早川が詠唱《えいしょう》するシューベルト、シューマンとボルフの歌曲にはふさわしい。

一箇所の誤りもなく完璧に伴奏を弾き終えて、小早川の演奏に貢献出来たことを鬼塚は大層、晴れがましく感じた。演奏会終了後、楽屋《がくや》からロビーへ出て行く小早川と、シューマンとボルフの伴奏者の女性の後を追った。小早川は大勢の友人や知人、ファンに囲まれて上機嫌だった。幸福な小早川を見ていると鬼塚も充実感で満たされた。全くの素人だが子供の頃にピアノを音楽学部を卒業した女性に学び、その後も趣味で弾き続けていることが、今日の経験を導いた。職場の歓送迎会や忘年会で演奏したことはある。それに文化祭では生徒に混じり、生徒と教職員の前でピアノを奏でたこともある。だが、今日の小早川によるリサイタルは本式の音楽会だった。小早川が名指しで伴奏者として自分を指名してくれたことに深い感謝を覚えた。

日頃、小早川が顧問を務めて指導する合唱部で、鬼塚は第二顧問として協力している。バスやテノール等の声部《せいぶ》毎の練習では伴奏者となって、生徒の練習が捗《はかど》るようにクラブを支えている。そのような普段の役割を小早川が評価して、リサイタルのピアノ伴奏を任せたのが、最も大きな理由である、と考えた。

「鬼塚さん、もし時間があれば打ち上げに来ませんか。大したことは出来ませんけど、美味しい珈琲と野菜サラダとクラブハウスサンドウキッチなど、楽しみましょう」と、小早川に誘われた。

鬼塚は小早川、女性のピアノ伴奏者、譜面を捲ってくれた小早川の娘と一緒に、徒歩でY珈琲・堀江直売所へ向かった。その店は一階では珈琲豆や焼きたてパン、自家製サンドウキッチ等の販売を行い、それ等を賞味することも出来る。二階は広い喫茶室になっている。四十人位がゆったりと珈琲、紅茶を楽しみ様々なパンとパン料理に舌鼓を打ちながら、談笑出来る。

「本日は小早川先生のリサイタルが成功裡《り》に終わって、お目出とうご座います」と、他の高校で音楽を担当する女性のピアノ伴奏者は明るい声を発した。

「皆さんに助けられて、何とか十九曲を完唱出来て有難とうご座いました」と、小早川は三人へ深々と頭を下げた。

三人の音楽専門家と比べると、鬼塚は素人《しろうと》である。そのような引け目《ひめ》を感じながらも、三人が話題にする音楽という深い森の中へ一緒に入って行った。小早川は高校に勤める音楽教員が催す音楽会について話題を投げた。音楽教員には様々な専門分野がある。小早川は声楽を専攻した。女性のピアノ伴奏者は大学ではピアノ専攻だった。小早川の娘は「楽理」コースの出身者である。音楽理論を深く学んだ。器楽科では木管楽器、金管楽器、弦、打楽器というように、専門が相当、広い範囲に及ぶ。

大学時代は声楽専攻者は他の分野の専攻者より旅行を長期休暇中は容易に出来たらしい。一日に七～八時間も歌唱練習は無理である。声帯を潰すことになる。だから、比較的自由に過ごせる。彼等と比べると、楽器専攻者は一日に七、八時間、音を奏でることはたやすい。「楽理」も長時間、勉学することは容易であり、喫茶店においてでも取り組むとのことだった。そのようなことを鬼塚は知ると、音楽に取り組む姿勢と生活の送り方が各人各様で異なることに興味を覚えるのだった。

「当日は日曜日だったよ。午前中は充分にリハ（リハーサル）をやってね。やはりベーゼンドルファーは私が好むピアノだった」と、楽しそうな表情になった。

「小早川楓さんにはこの齢になっても感謝しとるよ。私を抜擢《ばってき》してくれて充実出来る機会を与えてくれたので」と、付け加えた。

中峯純二《じゅんじ》は鬼塚鴇一郎《ときいちろう》と知り合ってから、今日、目の当たりに見るような明るくてにこやかな表情を想像することは出来なかった。それ位、七十歳近い男の内面には強い喜びが満ちているように感じた。初めて鬼塚が木箱の中にあると思える人物の姿とその魂を語った時は、中峯はこの世のこととは思えず辟易《へきえき》したものだった。だが、会う回を重ねるにつれ鬼塚は対人関係上の苦悩を語った。その内容は真実味に溢れていることを中峯は知った。

　今、話を伝えられた小早川は鬼塚にとって最良の人物に思える。中峯は興味をそそられた。

「小早川さんとの出会いはどうだったんですか、鬼塚さん」と、中峯は積極的に二人への好奇心を表わした。

「そうだね、出会いはね……」と、心の奥底に沈んでいるような記憶を掬《すく》い上げるように、ゆっくりと語り始めた。

　四十代半ば近くになって鬼塚は図書部という魅力的な校務分掌のある職場を去り、次の学校へ異動した。一年目のこと、広い職員室で常駐するようにした。設立されて十年目という前任校よりは遥かに新しい職場だった。英語科準備室には英語担当者全員の机と椅子が据えられていた。そこは最上階の四階にあった。ところが、職員室は一階にあり、利用し易い。それに、そこで仕事をすると生徒のことや教職員の働く姿勢等を具《つぶさ》に見ることが出来る。教員としての学習を数多くこなせる、と考えた。

　鬼塚の机から右へ二つ目の席が小早川の職員室での仕事机だった。小早川は音楽科教員なので四階にある音楽教室に隣り合う音楽準備室が常駐場所になる。時々、四階から職員室へ降りて来ては周囲の教員と話を交わす。

四月の中旬に、鬼塚は小早川の机上に或る声楽家によるリサイタルのリーフレットが置かれているのを見た。「原田茂生　冬の旅　シューベルトを歌う」と、見る者に語りかけているようだった。鬼塚は趣味としてピアノを弾いているが、歌曲も時々、好んで歌う。特にシューベルトの歌曲を採り上げる。小早川が四階から降りて来た時、居合わせた鬼塚はそのリサイタルを話題にした。

「このリサイタル、先生、一緒に行きませんか。僕の友人が原田先生と親しいので、券は手配出来ますから」と、小早川は親しげだった。鬼塚は小早川と大阪・堂島にある毎日ホールで、共にリサイタルを楽しんだ。原田茂生《しげお》（昭和七年～平成二九年〈一九三二～二〇一七〉）の歌唱力は「冬の旅」の世界を再現して、聴衆を冬の荒涼とした風景の中へ導き入れた。ドイツ国内の市立歌劇場と専属契約して、ヨーロッパで実力を認められた歌手であることを、小早川から教わった。

「シューベルトの歌曲は歌うのが難しくてね。ベルディやワグナーの作品と違《ちご》うて、歌い手は自分勝手に歌えないんだ。そりゃ、特にベルディの歌劇なら歌い手の作品解釈の仕方でヤマ場を凄く盛り上げられるけど。シューベルトの作品は楽譜が全てなんだ。忠実に歌えば最高の歌曲になるんです」と、鬼塚は教えられた。小早川が声楽の専門家として語る説得力に満ちた内容に興味が引かれた。更に音楽全般に渡って次々と紡《つむ》ぎ出す話題にも楽しさを覚えた。

「中峯さん、学校で働くことは面白いな。転勤先では校務分掌は進路部の進学係を長く務めたけど、前任校でのけったいな（奇妙な）人間関係はなかったな。それに仕事の変な結び付きもなかった。その後も定年退職迄、合唱部の手伝いをしてると、進学係として溜《た》まった遣《や》り切れない思いは少しは軽くなったな。軽くなりながらもその遣り切れなさは六十歳の定年退職迄続いて、今でもその思いは残ってる」と、先程の明るい表情は翳《かげ》りを見せた。中峯はその表情に潜《ひそ》むものが知りたかった。前任校で経験した仕事上の揉《も》め事《ごと》は消えて異動先の職場での小早川の出現により、雲ひとつない青空のような気分になった筈である。

「その残っている思いとは何ですか」と、中峯は鬼塚を知りたかった。

「それは生徒が進路部の教員が繰り出す方針とは裏腹に、充分、努力せんかったんだ。怠け生徒が多くて勉学せんかったことなんだ。進学係として、英語教員として生徒の学力を高めようとして、補習の機会を春・夏・冬休みや放課後に多く設けたよ。だが、生徒は逃げたな。一人も補習に来ん時もあった。勉学せずして第一希望校へ進学したい、というのが彼等の望みだった」と、鬼塚の表情は苦渋に満ちた。

今日は初めのうちは明るい話をしていた鬼塚に苦しみの表情を覚えさせたことを、中峯は咄嗟に後悔した。

「良いよ、良いよ」と、鬼塚は詫びる中峯へ言葉を返した。暫くの間、沈黙が漂《ただよ》った。

「中峯さん、私のような老人に長い間、付き合《お》うてくれて有難とう。私の思い出の中にしっかりと住む色んな人が、これで終わりだよ。とんでもない人も多いが今日のような良い人も居《お》るんだな。付き合《お》うてくれて本当に有難とう」と、鬼塚は小刻みに何度も首を縦に振った。

対人関係において鬼塚の思い出話は、沈鬱なものが多かったが、今日、聞いた幸福な思い出もある。中峯はこれからもそれらを思い出しては、鬼塚の心の中を暗く湛《たた》えられた深い井戸水を、上から覗き込むようにして眺めたい、と思った。


〈了〉

著者略歴

加納　劼（かのう　つとむ）

昭和22（1947）年　大阪市生まれ。大阪府豊中市在住
関西外国語大学・大学院英語学研究科修士課程修了（文学修士）
大阪府立の高等学校教諭を定年退職
日本ペンクラブ会員
「ボクの世界」関西文学　昭和57（1982）年3月号
「化石」関西文学　昭和59（1984）年2月号
「虚実皮膜」プロレス考　関西文学　昭和61（1986）年7月号
「千林商店街」観光の大阪　昭和63（1988）年4月号
「親父の年頃　高橋三千綱考」大阪文学散歩　関西書院　平成2（1990）年
『根来《ねごろ》から京《みやこ》へ』文芸社　平成20（2008）年
『土の矢羽根—混乱の室町期を逞しく生きた男』風詠社　平成30（2018）年
『風鐸と緑の風—覚鑁上人に魅せられて』風詠社　平成31（2019）年

木箱の中は

2020年6月23日　第1刷発行

著　者　加納　劼
発行人　大杉　剛
発行所　株式会社 風詠社
〒553-0001　大阪市福島区海老江5-2-2
大拓ビル5-7階
Tel 06（6136）8657　https://fueisha.com/
発売元　株式会社 星雲社
（共同出版社・流通責任出版社）
〒112-0005　東京都文京区水道1-3-30
Tel 03（3868）3275
印刷・製本　シナノ印刷株式会社

ISBN978-4-434-27712-2 C0093